Prezzolini · Nicolò Machiavelli

Giuseppe Prezzolini

Das Leben Nicolò Machiavellis

Literarische Annäherung
an eine unzeitige,
widersprüchliche
politische Biographie

Mit Holzschnitten von
A. Paul Weber

Verlegt bei Das Arsenal

Die Originalausgabe erschien 1927 in Mailand unter dem Titel
»Vita di Niccolò Machiavelli Fiorentino«.
Aus dem Italienischen von Theodor Lücke
Überarbeitete Fassung der autorisierten Übersetzung von 1929

ISBN 3-921810-49-3

Caveat lector: »Wie vermöchte die deutsche Sprache, und sei es selbst in der Prosa eines Lessing, das Tempo Machiavellis nachzuahmen, der ... die trockene, feine Luft von Florenz atmen läßt und nicht umhin kann, die ernsteste Angelegenheit in einem unbändigen Allegressimo vorzutragen: vielleicht nicht ohne ein boshaftes Artisten-Gefühl davon, welchen Gegensatz er wagt – Gedanken, lange, schwer, hart, gefährlich, und ein Tempo des Galopps und der allerbesten mutwilligsten Laune«.

Friedrich Nietzsche

Nicolòs Lachen

Nicolò Machiavelli kam mit offenen Augen zur Welt. In seinem Zeitalter waren Kinder, die mit offenen Augen geboren wurden, noch eine Seltenheit. Heutzutage ist es Mode geworden und erregt nicht mehr so viel Aufsehen. Damals aber sprachen alle Klatschbasen im weiten Umkreis der Heiligen Dreifaltigkeitskirche davon.

Er kam mit offenen Augen zur Welt wie Sokrates, wie Voltaire, wie Galilei, wie Papini, wie Kant, wie Figaro und wie der Verfasser dieses Buches.

Er hatte schwarze Augen und dichtgelocktes schwarzes Haar, und als man seine Bäckchen streichelte, kräuselte er sogleich die Haut zwischen Nase und Wangen zu einem unmerklich feinen Lächeln; einem stillvergnügten Lächeln, als lache er sich ins Fäustchen.

Er war das Kind kleiner Leute, die in einem kleinen Häuschen in einer kleinen Gasse wohnten; einem dreistöckigen Häuschen, mit zwei Fensterchen in jedem Stock; vielleicht war es ein alter, teilweise abgerissener Turm, und das Treppensteigen nahm den ganzen Tag kein Ende.

Der Vater war Rechtsgelehrter und wollte einen Advokaten aus ihm machen, die Mutter war eine Betschwester und wollte ihn zum Geistlichen erziehen.

So zankten sie sich eines Tages, weil sie verschiedener Ansicht waren, wie es die Regel ist bei Eheleuten, die sich noch nicht mit ihrem Los abgefunden haben und noch ihren eigenen Kopf durchsetzen zu können glauben.

Ich will einen Advokaten aus ihm machen.

Und ich einen Geistlichen.

Ich werde ihm mein Büro vererben.

Und ich meine Habe seinem Kloster.

Hier hob der Kleine das Köpfchen, als wollte er auch etwas sagen, und dies versöhnte den Vater und entlockte der Mutter ein Lächeln.

Wir wollen ihn selbst fragen, schlug der Vater vor.

Gut, fragen wir ihn selbst, stimmte die Mutter zu.

Willst du Mönch werden?

Das Knäblein schwieg.

Oder Advokat?

Da reckte das Knäblein den Kopf noch ein wenig höher, machte ein artiges Schlückerchen, das nach Milch roch, und kräuselte die Haut zwischen Nase und Wangen wieder zu dem feinen Lächeln, mit dem es sein Leben begonnen hatte.

Und so wurde beschlossen, daß Nicolò die Rechte studieren sollte.

Die Menschen unterscheiden sich nicht in Weiße, Schwarze und Gelbe, in Rothäute, Goldhäute, Mulatten, Arier, Mongolen, Deutsche, Franzosen, Papuaneger, Indochinesen und Fidschiinsulaner; sie zerfallen nicht in Schieber und in Träumer, in Gläubige und in Freidenker, in solche, die essen, und in solche, die gegessen werden, in Schulmeister und in Kapitalisten, in Betrüger und in Betrogene, wie in meinem *Codice della vita italiana* geschildert ist, oder in Reiche und Arme, wie man fast meinen möchte, wenn man das Signal hört, das die Offiziere zum Liebesmahl ruft, oder in Sieger und in Besiegte, wie man im Kriege glaubte; sondern in fünf Kategorien, die kantischer sind als die des deutschen Philosophen: nämlich in Menschen, die auf *a* lachen, in Menschen, die auf *e* lachen, in Menschen, die auf *o* lachen, in Menschen, die auf *u* lachen, und in Menschen, die wie Nicolò Machiavelli lachen.

Unser Nicolò zählte zu jener Kategorie von Menschen, die auf *i* lachen. Sein Lachen ging vom Gesicht aus, nicht vom Bauche. Es entsprang im Kopf, im Verstand, im Geist, in der Phantasie. Seine Rippen strafften und entspannten sich nicht, den Lungen Luft zufächelnd; sein Bauch hob und senkte sich nicht, die Eingeweide leicht zusammenpressend; sein Herz schlug nicht schneller, das Blut durch die prallen Adern pumpend. Aber sein Antlitz belebte sich, seine Augen blitzten, die Gesichtsmuskeln zuckten wie elektrisiert zusammen, und seine Luftröhre stieß mit dem schwachen Atemhauch zugleich ein leises Kichern aus. Es war ein ganz trockenes und dünnes Lachen, ein Grießpuderlachen, das klare Gegenteil des breiten und tiefen Nudellachens; des trillernden und langgedehnten Spaghettilachens; des abgerissenen Fleisch- und Reisklößchenlachens; des herzlichen und fadenziehenden Gerstenzuckerlachens; des breiigen und schalen Kürbissuppenlachens; des fröhlich dahinsprudelnden Weinfaßlachens.

Die Kinnbacken klappten nicht auseinander, Bauch und Nabel drohten nicht zu platzen, die Haut warf keine Falten; Nicolò war auf ein ganz flüchtiges Lachen abonniert, das in der Kehle saß und das Zwerchfell nicht in Mitleidenschaft zog; das etwas vom Bellen des Fuchses und vom Schrei des Marders an sich hatte, das mehr Ähnlichkeit mit dem kratzenden Laut der Goldschmiedfeile besaß als mit dem Rauschen eines erquickenden Regengusses.

Dieses Lächeln spielte das ganze Leben um Nicolòs Gesicht. Wenn man ihm eine Neuigkeit erzählte, ihm ein Geschäft vorschlug oder einen Einfall unterbreitete, rümpfte er die Nase, kräuselte die Wangenhaut und kniff die schmalen Lippen leicht zusammen. Dieses Lächeln drückte allerlei aus, vor allem aber: Du wirst mich nicht foppen; was für eine Dummheit; ich müßte ein Narr sein, um dir auf den Leim zu gehen; solch Dummkopf wie du ist mir noch selten über den Weg gelaufen – und ähnliche Urteile mehr.

Nicolòs Familie

Ich kannte einmal einen tüchtigen Schneidermeister mit dem Namen Schlechtschneider und einen ehrbaren Kassierer, der Unterschleif hieß.

Auch Machiavelli war trotz seines Namens ein trefflicher Nagel. Er nagelte zahlreiche Gedanken zusammen, die bisher noch kein kritischer Hammer zu erschüttern und zu lockern vermochte. Ja, er war ein trefflicher Nagel, der in die Tiefe drang und festhielt. Und dabei hieß seine Familie Maclavelli oder Malchiavelli, das heißt »Schlechtnagel«.

Seine Ahnen stammten aus Montespertoli, einem kleinen Flecken in Toskana, unweit Florenz, auf dem Wege nach Siena. Sie waren früher Burgherren von Peretola gewesen, zogen es aber schließlich vor, nach Florenz überzusiedeln. Klug wie alle Toskaner, hielten sie es für besser, in der Heiligen Dreifaltigkeitskirche den vierhundertundzweiundfünfzigsten Platz einzunehmen als in Montespertoli den ersten; als bescheidene Bürger in Florenz zu leben statt als stolze Adelsherrn im Pesatal; und zu Fuß durch die Calzaiolistraße zu gehen statt hoch zu Pferd über den Inprunetaplatz zu traben. Ihr Wappen zeigt ein blaues Kreuz im silbernen Feld, mit vier Nägeln in den Ecken, die an ihren Namen gemahnen, vielleicht aber auch erst später hinzugefügt wurden, um ihn zu rechtfertigen.

Das Dorf Montespertoli hat vorwiegend etruskischen Charakter. Es liegt auf einem Hügel, der durch Hebung eines ehemaligen Meerbeckens entstanden ist und aus Kies- und Muschelablagerungen besteht. In der Umgebung sind mehrere warme Quellen, die Kohlensäure, Wasserstoff und schwefelhaltige Gase ausströmen – Spuren jenes dunkel und geheimnisvoll in der Tiefe waltenden Reiches, das sich in diesem Teil Toskanas – zwischen der Insel Elba, dem Amiataberge und Florenz – zusammendrängt und das mit seinen Fumarolen, seinen Alabaster-, Alaun-, Steinsalz-, Quecksilber- und Eisengruben und mit seinen Thermalquellen, deren Heilkraft man frühzeitig erkannte, das Volk der Etrusker unwillkürlich zu allen möglichen Sagen und phantastischen Vorstellungen von einem reicheren und glücklicheren Jenseits anregen mußte. Vielleicht bilden wir uns all das auch nur ein, aber solange die etruskische Sprache sich unserem Verständnis entzieht, mögen die Etrusker ruhig für ein geistig höher stehendes, für ein den geheimnisvollen Ursprüngen des Lebens näheres Volk gelten als die praktisch veranlagten, schwerfälligen Römer, deren begrenzte Phantasie und Vorstellungskraft wir zur Genüge, ja fast bis zum Überdrusse kennen.

Nach der Übersiedlung in die Stadt hatte sich Nicolòs Familie rasch zu einer jener spießbürgerlichen Florentiner Familien entwickelt, die alle Sonntage ihr Huhn im Topfe haben, ihre Söhne die Mittelschule besuchen lassen, ihre Töchter zur Erlernung von Handarbeiten in ein Kloster schicken und hin und wieder wie die vornehmen Leute in einer Droschke in den *Cascine* - den Stadtpark - fahren und dann mindestens eine Woche von diesem wundervollen Tage reden. Eine Magd erledigt die grobe Hausarbeit; die Mutter macht die Betten, wirft einen Blick in die Küche, näht, flickt, stopft, wendet die Anzüge, staubt die Möbel in der guten Stube ab und führt sorgfältig Buch über alles; der Vater ist in seinem Arbeitszimmer oder im Geschäft, die Kinder sind in der Schule, und abends versammeln sich alle wieder um die dampfende Suppe.

Nicolòs Mutter war eine fromme und ziemlich belesene Frau. Sie verfaßte Hymnen und Kanzonen an die Muttergottes und sang sie abends im Dom mit anderen Frauen aus ihrem Kreise. Abend für Abend gingen die Frauen aus dem Hause Machiavelli zum Rosenkranzbeten in die Kirche, und sonntags begleiteten auch die Männer sie zur Messe.

Die Italiener, die die Entstehung und Entwicklung der katholischen Kirche aus eigener Anschauung miterlebten, sind mit dem Begriff der Kirche viel zu vertraut, um noch ehrfürchtige Scheu vor ihm zu fühlen. Die Kirche ist in erster Linie *ihr* Haus und erst in zweiter Gottes Haus; sie hat etwas von einem Markt, einem Theater, einem Empfangsraum, einem öffentlichen Versammlungsort, einer Schule, einem Klub, einem Ehevermittlungsbüro. Auch ist Gott in einer italienischen Kirche viel herablassender als in einer deutschen oder französischen. Er ist ein Gott in Hemdsärmeln, hat selbstverständlich einen weißen Bart, aber man darf sich ungestraft auch einen Scherz mit ihm erlauben. Die Kirche liegt an der Straße, oft sogar zu ebener Erde; man geht ungehindert in ihr ein und aus und empfindet kaum mehr als einen leichten Temperaturunterschied. Der katholische Gott der Italiener ist kein Gentleman wie der protestantische Gott der Engländer, der ein Monokel im Auge hat und eine strenge, selbstgerechte Miene zur Schau trägt. Er ist ein alter Arbeiter mit hochgestreiften Hemdsärmeln, der lächelnd sein Werk betrachtet, das ihn trotz einiger Mängel ganz gut gelungen dünkt.

Zudem erleichterten damals noch Pfarrer, Mönche, Nonnen, Küster und Meßknaben den vertrauten Umgang zwischen Gott und dem italienischen Volke. Dem täglichen Leben verknüpft durch ihren Anhang von Freunden und Verwandten, durch alle möglichen Interessen, durch Ränke und durch öffentliche Ämter, versuchten sie stets und in allem den Mittelweg einzuhalten und nicht als Wunder von Frömmigkeit und Tugend aufzufallen. Man kann ganz allgemein sagen, daß sie sich nur durch ihre Kutten von dem Durchschnittsflorentiner jener Zeit unterschieden und bei Tisch oder im Bett, auf der Straße oder in der Kirche nicht schlimmer, verderbter und tierischer waren als alle andern.

Wahrscheinlich lernte Nicolò seine Frau auch in der Kirche kennen. Dort »lenkte« man sein Augenmerk auf sie. Aber er heiratete sie erst viel später, als seine Angehörigen gestorben waren und er tatsächlich jemand brauchte, der ihm seine Knöpfe annähte. Im Jahre 1496, als er siebenundzwanzig Jahre alt war, starb seine Mutter. Er heiratete drei Jahre später und wurde im Jahre 1500 mit einunddreißig Jahren zum erstenmal glücklicher Familienvater.

Aber das ist eine andere Geschichte, auf die wir später noch einmal zurückkommen werden.

Er hatte einen Bruder, namens Totto, und zwei Schwestern: Primavera, die Frau Francesco Vernaccias, eines Kaufmanns aus Konstantinopel, und Ginevra, die später Bernardo Minerbetti heiratete.

Wahrscheinlich machten seine Einfälle, seine Aussprüche, seine sonderbaren Anschauungen und seine Späße Nicolò daheim, im Kreise seiner Familie, zum Mittelpunkt ständiger Verwunderung und Besorgnis. So hörte ich in einem ähnlichen Falle einmal jemand, der wie die meisten Menschen einen gesunden Sinn für die

Genüsse des Daseins besaß und seine Freude hatte an einem guten Mahl und einem hübschen Weibe, von seinem Bruder, einem seltsamen und verzwickten Geiste, sagen: »Ein Rädchen ist in seinem Kopfe locker!«

Das gleiche behauptete man sicher auch von Nicolò. Auch in seinem Kopf war sicher ein Rädchen locker, und dieses rastlos kreisende Rädchen ist schuld daran, daß wir noch heute von ihm sprechen.

An alle andern, an seinen Bruder Totto, an seine Schwestern Primavera und Ginevra, an ihre Männer und an ihre Nachkommen erinnern wir uns nur um Nicolòs willen. Sie sind der Staub an jenem kleinen Rädchen, das soviel Lärm und Aufsehen in der Welt erregte. Von Nicolòs Vater, den ich besser kenne, kann ich hingegen etwas ausführlicher erzählen.

Machiavellis Vater gehörte zu jenen oberflächlich gebildeten Spießbürgern, die sich mit feierlichem Gepränge in der Kirche trauen lassen und wie Tiere zu verenden glaubten, ständen nicht der Priester und eine stattliche Schar von Meßknaben mit einer Kerze in der Hand am Kopfende ihres Sterbelagers, um ihnen das Geleit zum Kirchhof zu geben. Wehe dem Pfarrer, der sich weigern wollte, die Fahne ihres Vereins zu weihen, und leitete dieser seinen Namen auch von einem Ketzer wie Giordano Bruno ab! Andererseits hassen und verachten diese Leute im Grunde ihres Herzens alle Priester, Mönche und Nonnen außerhalb des Amtes als Müßiggänger und Faulpelze und haben ständig eine gepfefferte Ladung pfaffenfeindlicher Histörchen auf Lager, die sie bei jeder Gelegenheit hervorholen und unter Aufgebot all ihres Geistes und Witzes an den Mann bringen.

In Italien war und ist Antiklerikalismus stets ein gesundheitsförderliches Sekret, das der Geist des Volkes immer dann absondert, wenn die Macht der Kirche gefährlich überhand zu nehmen oder zu einer schädlichen Klüngelwirtschaft zu entarten droht: eine Art von übler Ausdünstung oder von Schweiß, die dem politischen Arzt über die Vorgänge im Innern Aufschluß gewährt. Ob er sich in Form einer Glosse, eines Schlagworts, einer Theorie, einer Verschwörung, einer Partei, einer Dichtung oder einer Kundgebung äußert, sein Ursprung bleibt stets der gleiche.

Florenz, eine alte Guelfenstadt, hatte schon wiederholt Streitigkeiten mit dem Papst gehabt; und damals hatte gerade Savonarola den nie verglimmenden Funken zu heller Glut entfacht.

Setzte sich Nicolò an den langen Winterabenden vor den großen Kamin, um beim flackernden Schein des erlöschenden Feuers in seinem Titus Livius zu lesen, mit dem Rücken zum Tisch, an dem sich seine Angehörigen unterhielten, so schlugen abwechselnd die frommen Lieder seiner Mutter an die Madonna und das Jesuskind oder die pfaffenfeindlichen Geschichten seines Vaters an sein Ohr.

Diese Geschichten waren schon lange Zeit in Florenz im Umlauf und nichts weiter als Neuigkeiten, die damals von einer Stadt zur anderen eilten, die vielleicht im Morgenland auf irgendeinem Marktplatz oder einer Straße entstanden waren, inzwischen im Abendlande mindestens ein dutzendmal ihr Gesicht gewechselt hatten und von dort, im Munde der Kaufleute und Seefahrer, wieder den gleichen Weg zurückwanderten, dabei wieder Gestalt und Namen wechselnd.

Eine der ersten Geschichten, die Nicolò hörte und in Erinnerung behielt, war die vom Bruder Timotheus. Er war ein Mönchlein aus einer Kirche in der Nähe des Hauses Machiavelli, in das sie einige Jahre nach Nicolòs Geburt umgezogen waren, versah sein Amt in der Kirche und auf dem Platz davor und lenkte die Aufmerksamkeit so manches Gläubigen auf ein Heiligenbild, das schon viele Gnaden gespendet und in früheren Zeiten zahlreiche Wunder getan haben sollte. Auf Machiavellis Vater wirkte er wie ein rotes Tuch, besonders weil er sich meistens nur dann im Haus herumtrieb, wenn jener fort war, und der guten Bartolomea jedesmal ein paar Groschen, einen Laib Käse, eine Flasche Öl oder Wein abschmeichelte. Die harmlose Seele hegte nicht den mindesten Zweifel an seiner Lauterkeit; aber der Vater schoß erbost einen Pfeil nach dem andern auf ihn ab. Ach was! wer wußte nicht, daß er vor ein paar Jahren ein Mädchen in Mönchskleidern im Kloster versteckt gehalten hatte? Wer kannte nicht den Schabernack, den er einmal einem als Schürzenjäger berüchtigten Ehemann spielte? Unter dem Vorwand, ihn mit seiner Liebsten versöhnen zu wollen, hatte er ihn heimlich zu einem Stelldichein in ein dunkles Zimmer gelockt, wo er statt der erwarteten Schönen seine Ehehälfte vorfand. Das Mönchlein aber hatte vorher schon seinen Zehnten eingestrichen.

Und zwar in Naturalien. Hahaha!

Noch lustiger war freilich die neueste Geschichte, die die Magd und einige Nachbarinnen eines Tages von Bruder Timotheus erzählten.

Auf dem Kirchplatz lag auch das Haus von Messer Nicia, einem alten Quacksalber, der kein besonders großes Geisteslicht war, aber eine wunderschöne Frau namens Lucrezia hatte. Die Kunde von ihrer Schönheit war sogar bis ins Ausland gedrungen. Um sie zu sehen, kehrte ein junger Mann, ein gewisser Callimaco Guadagni, der aus Kummer über die ständigen Fehden und trostlosen Zustände in Italien ausgewandert war, aus Paris in seine Heimat zurück und verliebte sich, kaum angekommen, bis über die Ohren in sie.

Liebe macht findig, und was tut ein Liebender nicht alles, um ans Ziel seiner Sehnsucht zu gelangen? Messer Nicia wünschte sich schon lange ein Kind und hatte schon alle möglichen Gelübde abgelegt, aber stets vergebens, so daß er sich jetzt trotz seines Geizes mit dem Plane trug, seine Frau in einen Badeort zu schicken.

Diese schwache Seite verstand Callimaco geschickt für seine Zwecke auszunützen. Er verbündete sich mit einem Kameraden, einem großen Schelm, der ihm ständig auf der Tasche lag und auf seine Kosten in Glück und Freuden lebte, ferner mit Bruder Timotheus, der Frau Lucrezias Beichtvater war, und mit ihrer Mutter, die ebenso beschränkt war wie der Gatte. Mit vereinten Kräften redeten Callimaco, als ausländischer Arzt verkleidet, und Timotheus kraft seiner Seelsorgerwürde ihm ein, es gäbe einen Zaubertrank, der eine Frau schwanger zu machen vermöge. Aber wehe dem, der in der Nacht darauf als erster an ihrer Seite schlafe! Er müsse ein paar Tage später sterben.

Messer Nicia wollte um jeden Preis ein Kind haben; aber mit dem eigenen Leben wollte er es natürlich nicht bezahlen. Deshalb legten ihm die Verschworenen nahe, in jener Nacht irgendeinen jungen Burschen bei seiner Frau schlafen zu lassen. Holte den nachher der Teufel, so war nicht viel verloren!

Messer Nicia war außer sich vor Freude und erklärte sich mit dem Vorschlag einverstanden; er machte sich selbst mit den andern auf die Suche nach dem jungen Burschen, den sie abends scheinbar ganz zufällig aufgriffen, als er des Weges kam. In Wirklichkeit war freilich alles schon so eingerichtet, daß ihnen der verliebte Callimaco in die Hände fallen mußte. So führte Messer Nicia ihn selbst zu seinem Weibe, entkleidete ihn, legte ihn an ihre Seite und wollte sich gleichsam mit eigenen Händen vergewissern, daß alles nach Wunsch ging.

Bruder Timotheus hatte bei diesem Streiche mitgeholfen und dafür ein hübsches Sümmchen von Callimaco erhalten. Jetzt brüstete er sich zudem noch damit, Messer Nicia zu einem Leibeserben verholfen zu haben, und dieser bestätigte auch wirklich ein Jahr später, mit seinem Knäblein auf dem Arm, die Reden des Mönches und ließ von Zeit zu Zeit sogar eine Dankesmesse lesen.

Mit solchen und ähnlichen Histörchen setzte Nicolòs Vater seinem armen Weibe zu, das tief bestürzt war, wenn es hören mußte, wie er den frommen Klosterbruder in den Schmutz zog. Und oft belustigte er damit auch seine Stammtischbrüder, die ihn baten, doch die Geschichte von der *Mandragola* zum besten zu geben; so hatten die Verschworenen den Zaubertrank genannt, mit dem sie Messer Nicia auf den Leim führten.

Paß des Nicolò Machiavelli.

Sohn des verstorbenen Bernardo Machiavelli und dessen Ehefrau Bartolomea, Tochter des Stefano Nelli.

Geboren in Florenz am 3. Mai 1469;

Beruf: Sekretär des obersten Kriegsrates der Zehn und anderer Behörden der Republik Florenz (vom 19. Juni 1498 bis zum 7. November 1512);

Gestalt: mittelgroß;

Wuchs: schlank;

Augen: schwarz und lebhaft blitzend;

Haar: rabenschwarz;

Kopf: klein;

Stirne: hoch;

Mund: klein; schmale Lippen; ein angeborenes »machiavellistisches« Lächeln;

Wangen: vorspringend wie bei der Katze, dem Marder, dem Affen und anderen schlauen Tieren;

Besondere Merkmale: dichtbehaart;

Stand: Verheiratet mit Marietta, der Tochter des Bartolomeo Corsini;

Visa und Amtsstempel: Piombino, Forlì, Rom, Pisa, Arezzo, Mantua, Ferrara, Perugia, Assisi, Senigaglia, Königreich Frankreich, Schweizer Eidgenossenschaft, Deutsches Reich, Verona, Piacenza, Civitavecchia usw.

Die Strasse

Wie alle guten Italiener lernte Machiavelli vieles auf der Straße.

Fast den ganzen Tag trieb sich der kleine Nicolò auf der Straße herum, spielte, rannte und tollte umher, balgte sich mit andern Jungen, heckte allerlei Streiche aus und war bald Führer und bald Mitläufer. All das auf der italienischen Straße, die die natürliche Fortsetzung des Wohnhauses ist, das erste Schulzimmer, das dem Wissensdurst des kleinen Italieners seine Pforten öffnet. Dort spielte Klein-Nicolò alle möglichen Spiele: Verstecken, Himmel und Hölle, Blindekuh, Räuber und Gendarm, Schwarzer Mann, Wettlauf, Fußball, Haschen, Steinwerfen, Scheibenschleudern, Pfeilschießen, Schaukel, Handstand, Pfänderspiel, Abschlagen, Kuckuck, Huckepack, Kreisel, Mühle, Dame und so weiter. Klein-Nicolò war ein guter Läufer, Springer und Komödiant, machte sich selber Puppen, schnitzte und drechselte sich kleine Brettchen und Holzkugeln zurecht, fertigte Leimruten an, blies Schweinsblasen auf, machte sich Stelzen, Armbrüste, Trommeln, Stehaufmännchen und Feuerräder. An die hundert Male zählte Klein-Nicolò seine Kameraden nach dem Kehrreim aus: Eins, zwei, drei, vier, fünf, sechs, sieben, ei, wo ist der Hans geblieben... Er lernte die geraden und ungeraden Zahlen schon lange vor der Rechenfibel beim Abzählen kennen, und Gewicht, Maß, Gewinn, Verlust und Zinsfuß bei seinen kleinen Tauschgeschäften mit Federn, Münzen, Buntstiften, Obstkernen und Pfeilen. Er organisierte Heere, gründete Räuberbanden, erteilte Losungen und freies Geleit, hielt es heute mit den Tyrannen und zettelte morgen eine Verschwörung zu ihrem Sturze an. Er spielte Fürst, Pfarrer, Mönch, Gesandter, Mann und Frau. Seine ersten Schriften wurden in Kreide oder Rötel an den Mauern und auf dem Straßenpflaster von Florenz veröffentlicht; auf ihnen waren seine ersten Polemiken, die ersten Urteile über seine Mitmenschen, seine ersten Aufrufe zu lesen; auf sie kritzelte er seine ersten *storie fiorentine* – seine *Florentiner Geschichtsbilder.*

O monumenta italicae plebis, Denkzeichen eines des Papiers unkundigen Volkes – wer wird euch jemals sammeln und zusammensuchen aus den Latrinen, aus den Vorzimmern, von den Säulen der Arkaden, von den Wänden der Häuser und berühmten Kirchen, aus den Gängen der Polizeiwachen, aus den Gerichtssälen, aus den Schulzimmern, aus all den Stätten und Gebäuden, voll lebendiger Poesie, voll flüchtig angedeuteter Begebenheiten, politischer Pamphlete, häuslichen Klatsches, trockener Berichte, leidenschaftlicher Schmähungen und schmerzlicher Bitten und Beschwörungen? Wer wird euch sammeln, euch namenlose Schriften und Volksstimmen, angeregt durch Langeweile, durch Drangsal, durch Gefahr, Zorn, Liebe, Eitelkeit und tiefe Herzensnot?

Sicher trug der kleine Nicolò auch sein Scherflein zu dieser großen Sammlung bei. Auf jene Seiten aus Stein und Mörtel kritzelte er seine ersten Unterschriften und seine ersten Schilderungen. Schilderungen von Zuständen und Vorfällen in den Stadtvierteln von Ognissanti, Oltrarno und Pinti. Die Herren Professoren wissen freilich nichts von ihnen, sie sind uns leider für immer verloren gegangen, weil sie weder für Päpste und Humanisten, noch für Zünfte und Staatsbeamte, noch für Fürsten und Gelehrte aufgezeichnet wurden. Damals lernte Klein-Nicolò zur Faschingszeit sein Gesicht zu vermummen, wie später seine Gedanken. Er wußte ganz genau Bescheid über alle Machenschaften in der Nachbarschaft, er sah die Dinge kommen und gehen, sah die kupplerischen Mönche, die scheinheiligen Betschwestern, die lächerlichen Liebespaare, die betrogenen Ehemänner, die liebestollen Ehefrauen, die aufdringlichen Schmarotzer, die diebischen Dienstboten und die feilen Dirnen, sah die Unlauterkeit aller Menschen und die ersten Beispiele des großen Narrentanzes, in den das Schicksal alle Welt verstrickt und den er später in seinen Komödien darzustellen und in seinen Historien zu schildern versuchte.

Auf der Straße, auf den Marktplätzen, in den Läden und Schenken schnappte er die in seiner Vaterstadt gebräuchlichen Kraftausdrücke auf, ferner gepfefferte Bosheiten und Sticheleien aller Art, grammatikalisch falsche Abkürzungen und Schlagworte und jene zusammengesetzten Adjektive des Florentiner Dialekts, die seine Prosa später so berühmt machten und schon damals in den Florentiner Amtsstuben öfter lautes Gelächter und viel Kopfzerbrechen erregten. Er liebte diese Worte und diesen Dialekt; er verteidigte ihn und war der Ansicht, daß er über den Mundarten der anderen Städte in Italien stehe, daß er ihre Grundlage und ihr Vorbild sei.

Später, als er allmählich größer wurde, boten die Straßen von Florenz ihm einen anderen Anblick und lehrten ihn andere Worte, wie: Tod dem und dem! An den Galgen mit ihm! Immer feste drauf! Ergib dich, du Ketzer! Hie Medici allewege! Es lebe der und der! Nieder mit dem Mönch [Savonarola]!

So sah er mit neun Jahren die Pazzi, die Lorenzo de Medici nach dem Leben trachteten, der Volkswut zum Opfer fallen, mit fünfundzwanzig Karl VIII. in Florenz einziehen und mit neunundzwanzig Savonarola auf dem Scheiterhaufen brennen.

Übrigens ging Nicolò Machiavelli sicher auch zur Schule, um Lateinisch zu lernen. Bekanntlich lernte er es ziemlich gründlich, freilich ohne die Exerzitien Gandinos und die Grammatik des Herrn Schultz. Denn damals paukte man Latein noch mit Latein und mit dem Rohrstock ein, mit viel Latein und viel Schlägen, mit viel Auswendiglernen und viel Übersetzungen. Man las und teilte Prügel aus, und die Schulzeit verstrich im Fluge bei solch erfreulicher Tätigkeit. Tatsächlich lernten allerdings nur die wenigsten etwas. Manchen stieg die Lektüre zu Kopf: sie bildeten sich ein, die Zeiten des Brutus seien zurückgekehrt, verschworen sich gegen die Tyrannen, Fürsten oder Geistlichen, zückten den Dolch gegen sie, riefen die Völker zur Freiheit auf und erkannten schließlich, daß diese gar nichts von der Freiheit wissen wollten.

Einige gingen völlig unter im Latein, andere bekamen Wasserköpfe davon, und wieder andere - wie Machiavelli - legten sich Flossen und Kiemen zu, verwandelten sich in Fische und lernten in der fremden Sprache zu schwimmen, zuzuschnappen und sich zu tummeln wie in ihrem ureigensten Elemente. Man merkte Machiavelli die Vertrautheit mit dem Latein auch an, wenn er italienisch oder, wie seine Freunde sagten, etruskisch oder besser noch toskanisch schrieb. Das Latein wurde ihm zur zweiten Natur. Schrieb er italienisch, so erinnerte er an einen Seemann, der - an das Schlingern des Schiffs gewohnt - auch auf dem Festland seinen schwankenden Gang beibehält.

In Titus Livius, Caesar, Cicero, Tacitus und Sueton war er gut beschlagen; aber auch in Virgil und in den Liebesdichtern Ovid, Tibull und Catull, mit deren Liebeshändeln er seine eigenen später gern verglich.

Doch war er ein viel zu lebhafter Geist, um ein trockener Gelehrter zu werden. Er machte sich vor allem Wesen und Geist jener Schriftsteller zu eigen, nicht nur ihren Stil. Deshalb hatten seine Zeitgenossen auch keine besonders hohe Meinung von seinen

Studien. So nannte Varchi ihn einen »wissenschaftlich eher ungeschulten« Menschen, und Giovio stempelte ihn sogar zu einem Manne, der zwar hervorragende geistige Anlagen mitbringe, aber ein Autodidakt sei, keine ordentliche Schulbildung besitze und all seine Kenntnisse nur von Marcello di Virgilio Adriani habe.

Auf Betreiben seiner Familie hatte er die Rednerlaufbahn eingeschlagen. Seine Angehörigen wünschten sich einen gut gargekochten Kohlkopf als Beilage zum Sonntagsmahl; herauskam stattdessen eine stachlige Artischocke. Zwar war der Literatenberuf in jener Zeit noch ganz einträglich. Der italienische Literat bildete sich damals gerade heraus und hat inzwischen allerlei geleistet. Heutzutage stehlen ihm freilich die über Volkswirtschaft und Bankwesen schreibenden Dilettanten den Bissen vom Munde weg; aber bis zu unserem Jahrhundert war der italienische Literat immerhin ein gebildeter Scharlatan, der ständig nach irgendwelchen Klienten Ausschau hielt, deren Prozesse er vertreten konnte.

Für die Familie Machiavelli handelte es sich darum, gewisse Vorrechte auf Fagna zurückzugewinnen, die ihnen das Geschlecht der Pazzi streitig machte, und all ihre Hoffnungen gründeten sich nun auf Nicolò, der sich zu einem tüchtigen Advokaten zu entwickeln versprach, zu einem Manne, der es verstand, den Großen um den Bart zu gehen, ihren Schwächen zu schmeicheln, den einen Fuß auf die Sprosse ihrer Eitelkeit, den anderen auf die ihres Ehrgeizes zu setzen und so immer höher emporzusteigen und ihnen ein Zugeständnis nach dem anderen zu entreißen. Nicolòs erste Schrift, die uns erhalten blieb, ist in diesem Geist verfaßt. Sie ist an den Kardinal Lopez gerichtet, beginnt mit tiefgründigen Sentenzen, religiösen Grundsätzen, recht wenig stichhaltigen Begründungen und zahlreichen Schmeicheleien und schließt mit demütigen Bitten um Anerkennung der Vorrechte auf Fagna.

Machiavelli studierte nicht nur die lateinischen Klassiker, er hielt auch sehr viel von den volkstümlichen Schriftstellern und las sie mit großem Eifer. So vor allem Dante und Petrarca.

Bei Dante bewunderte er allerdings wohl kaum das Paradies, geschweige denn das Fegefeuer. Dagegen hatte er sicher seine Freude an der Hölle, am Inferno. Dort gab es Leute, mit denen er gern zusammen gewesen wäre. Das Inferno war Inbegriff der Leidenschaft, Willensstärke und Klugheit, war Francesca, Capaneus und

Odysseus. Machiavelli ließ sich in seinem Leben stets von der Liebe zu seinen Sünden und Tollheiten leiten. Er war kein Sklave seiner Gefühle, wenn er auch hin und wieder eine verliebte Träne weinte. Die starken Charaktere waren nach seinem Sinn. Am höchsten schätzte er Menschen, die klar sehen, die den Dingen auf den Grund gehen und die menschliche Natur erkennen wollen.

Verweilte auch er bei den Rätseln, den dunklen und verworrenen Stellen, den geheimnisvoll verflochtenen Worten Dantes? Mag sein. Ein so allgemeiner Fehler erscheint bei dem einzelnen verzeihlich. Aber seine Liebe zu Dante entsprang ganz anderen Gründen.

Bei Dante fühlte er – wie auch wir heutzutage – den Geist in allen Teilen des gewaltigen Werkes lebendig: die Empörung gegen alles Kleinliche, den Widerwillen gegen alles Feige, die Verachtung und den Abscheu vor all jenen verzagten Seelen, die weder tot sind noch lebendig. Und als er nicht weiß, wie er seine eigene Verachtung für Pier Soderini, den Führer der Republikaner, kundtun soll, der sich, statt die republikanische Verfassung zu schützen und zu verteidigen, um des guten und biederen Eindrucks willen von den Medicern die Macht aus den Händen reißen läßt, da verbannt er ihn kurzerhand aus dem Fegefeuer, der Hölle und dem Paradiese in den *limbus infantum*, zu den Seelen der ungetauft gestorbenen Kinder.

Für Machiavelli ist es kein Lob, ein Kind zu sein. Nichts lag seinem Geiste ferner als die christliche Weltanschauung, die das Kind um seiner Reinheit willen zu etwas Göttlichem verklärt. Auf den Einbanddeckel seiner Werke würde wohl kaum ein pausbäckiges Englein von Luca della Robbia passen; eher schon das Gesicht von Rodins Denker, der den Kopf auf die Faust stützt, oder Michelangelos Julius II., der mit erhobener Hand den Bolognesern droht. Machiavellis Werk verlangt nach einem Gesicht, in das Erfahrung und Nachdenken ihre Spuren gegraben haben; in dem sich neben der Tugend auch das Laster ausprägt: kurzum, nach dem Gesicht eines Menschen, der in jeder Weise der Schöpfung seinen Zoll entrichtet hat.

Marcello di Virgilio Adriani

Der oben genannte Marcello di Virgilio Adriani war der typische Philologieprofessor, einer jener Leute, die anderen weder etwas beibringen wollen noch können und sich deshalb vom Staate anstellen lassen. Aber obwohl sie sich im Laufe der Jahre eine weittragende Stimme angeeignet haben, lassen sie diese doch lieber auf der Straße oder bei festlichen Gelegenheiten ertönen als in den Hörsälen. So wurde unser Marcello zu Taufen und Begräbnissen geholt, wenn man einem Truppenführer feierlich den Feldherrnstab überreichte, eine Amtsstube einweihte, eine Fürsorgestelle eröffnete, oder wenn die Frauen eine Versammlung zur Erlangung des Stimmrechts einberiefen. Er hatte ein stattliches Bäuchlein – ein trefflicher Resonanzboden für die Lungen! –, ein von einem ehrwürdigen Bart eingerahmtes Gesicht von erschütternder Ausdruckslosigkeit, und machte alles in allem den Eindruck eines bei aller Leere doch durchaus bedeutenden Mannes. Er war eine stolze Erscheinung, hatte eine hohe Stirne und schön geschwungene Augenbrauen, sein ständig zu erhabenen Gesten ausholender Arm war selbst dort zu sehen, wohin nicht einmal seine Stimme drang, und lauter Beifall umtoste ihn, wenn er ihn am Ende einer Ansprache auf das Rednerpult senkte, einen kategorischen Schlußpunkt hinter seine Worte machte, das Gesicht hob und den Mund schloß, in Erwartung des sicheren Applauses.

Er lebte in einem demokratischen Zeitalter und war gut angeschrieben bei den jeweiligen Machthabern, welcher Partei sie auch immer angehörten. Er hatte sie alle beweihräuchert, hatte keinen einzigen beleidigt. Er grüßte die Toten, zog vor den Lebenden den Hut, ehrte die Frauen, achtete die Reichen, kannte sich gut in allen Titeln aus und war stets bereit, den Knaben ein gutes Zeugnis auszustellen.

Er war ein guter Grieche und Lateiner und veröffentlichte verschiedene Übersetzungen, unter anderem eine von Dioskorides, da er auch in verschiedenen Zweigen des medizinischen Wissens ganz gut beschlagen war. Seine Hauptstärke aber waren Briefe und Reden. Deshalb war er den Regierenden sehr willkommen, die oft nicht einmal einen Brief aufzusetzen verstanden, durch den sie die Aufmerksamkeit eines Durchreisenden in unauffälliger und angenehmer Weise auf sich lenken konnten. Er entzückte sie durch den pathetischen Wortschwall kunstvoll gefügter lateinischer Perioden, durch Zitate aus den römischen und griechischen Klassikern, durch übertriebene Schmeicheleien, indem er sie und ihre Taten mit Persönlichkeiten und Taten aus dem Altertum verglich. In Zeiten der Volksherrschaft führte er immer und überall die Freiheit im Munde, legte ausführlich und stets auf der Antike fußend seine demokratischen Anschauungen dar, schwenkte das Banner des Fortschritts über seinem Haupte, stellte die Söldner des Quattrocento den griechischen Feldherren gleich und die Florentiner Krämer den römischen Senatoren.

Wechselte die Regierung, löste irgend eine politische Clique das Volk in seiner Herrschaft ab, so wechselten seine Lobhudeleien wohl den Reim, doch nicht den Tonfall. Von Marius ging er bereitwilligst zu Sulla über, von Cäsar zu Pompejus, von Demosthenes zu Alexander. Die Größe des Vaterlandes, seine Macht, seine Ausdehnung, sein Herrschergeschlecht, all seine unabänderlichen Schicksale fanden in ihm einen leidenschaftlichen Anwalt. Begann die Toga der römischen Republik fadenscheinig zu werden, so schnitt er sich für das römische Kaiserreich ein neues Kleid zurecht.

Und kam er einmal dazu, offen seine Ansicht zu äußern, so sagte er: der Mensch ist weder ein vernunftbegabtes noch politisches Lebewesen, ist auch nicht das einzige Wesen, das lachen kann, das eine unsterbliche Seele besitzt, das aufrecht zu gehen und zu sprechen vermag, ist auch kein Affe mit beweglichem Daumen oder ein Zweifüßler ohne Federn oder eine Larve, die sich später in einen schönen Schmetterling verwandelt. Nein, weit lieber erkannte er das Wesen des Menschen in seiner Wandlungsfähigkeit, betrachtete ihn als ein Geschöpf, das ständig in seinen Entschlüssen schwankt und gerne die Partei wechselt. Kurzum, der Mensch bin ich, konnte er mit Recht behaupten.

Dieses schwanke, hohltönende Rohr pfiff immer so, wie der Wind gerade wehte. Es war voll großer Töne und neigte sich bald nach dieser und bald nach jener Seite, mit der größten Selbstverständlichkeit, ohne sich zu schämen. Und auch die Leute, denen seine Schmeicheleien galten, fanden nichts dabei, obwohl sie ihn noch vor kurzem ähnliche Schmeicheleien an ihre Gegner richten hörten.

Er war kein Schulmeister im eigentlichen Sinne, war auch nicht Nicolòs Lehrer. Aber er war sein Freund und befürwortete seine Ernennung zum Sekretär beim Rat der Zehn, mit einem Gehalt von hundert Gulden im Jahr; einem geringeren Gehalt, als es die anderen Ratsschreiber bekamen.

Nicolòs Stellung zu den Römern

Mit den römischen Klassikern duzte sich Nicolò Tag und Nacht. Die griechischen las er in lateinischer Übersetzung. Er las Polybius, Herodot, Plutarch, Thukydides, Diogenes, Curtius Rufus, Xenophon, Aristoteles, Cicero, Sallust, Sueton und Horaz. Er las und las und machte sich Notizen. Dazwischen sprang er plötzlich vom Stuhle auf, ging erregt im Zimmer auf und ab und wiederholte laut eine besonders schöne Stelle. Er las und schlug mit der Faust auf den Tisch. Las und lächelte. Las und weinte. Las und sang. Seine Lektüre glich der Besitzergreifung eines Landes, in dem man sich heimisch fühlt, dessen Luft uns heimatlich entgegenweht und dessen Berge und Hütten wie geschaffen sind für uns. Es war nicht Neuland, das er beim Lesen betrat; es war die Heimat, in die er zurückkehrte. Sein wahres Vaterland, seine wahre Vaterstadt war Rom, und seine wahren Mitbürger die Römer. Zu ihnen flüchtete er aus den trostlosen Zuständen seiner Zeit. Er sah sie im Geiste vor sich. Er sah, daß sie mächtiger, stärker, gesünder und unverdorbener waren als die Florentiner, Italiener, Franzosen und Spanier. Fast ein wenig wie die Schweizer. Er sah ferner, daß sie größer, rüstiger, mutiger, lebensfähiger, derber, widerstandskräftiger und ausdauernder waren. Fast ein wenig wie die Deutschen. Sie wateten durch eisige Fluten, trugen Lasten, führten Kriege, und all das mit erbittertem Ernst.

Eine römische Maulschelle wog zwei französische, drei italienische, vier spanische und zehn päpstliche Maulschellen auf. Die Römer hatten fünf gedrungene Finger. Dicke Schmutzkrusten hafteten an ihren Nägeln, wenn sie ins Feld zogen, um einen fremden König zu unterwerfen oder ein fremdes Reich zu stürzen. Ihre Legionen ließen einen üblen Geruch nach Schweiß und Knoblauch hinter sich zurück. Wo sie den Fuß hinsetzten, da faßten sie auch Wurzel.

Sie waren noch nicht von der christlichen Religion verdummt. Die ganze Welt gehörte ihnen, und eine andere gab es nicht. Und da die ganze Welt auf diese Erde beschränkt war, versuchten sie sich so gut als möglich in ihr einzurichten. Sie waren nicht von dem Gedanken angekränkelt, daß alles eitel sei. Der irdische Ruhm war nicht nur ein leeres Wort für sie.

Erteilten sie einen Befehl, so forderten sie Gehorsam. Erklärten sie einen Krieg, so töteten, zerstörten und brandschatzten sie rücksichtslos, entvölkerten die feindlichen Gebiete, kreuzigten die Gegner, schleppten die Gefangenen wie Waren mit sich fort oder verkauften sie wie Federvieh auf den Märkten. Die Feinde rotteten sie entweder aus oder machten sie sich zu Freunden. Die Bundesgenossen fesselten sie durch Wohltaten oder durch bloße Furcht an sich.

Kurzum, sie waren ein eisernes Geschlecht: zielbewußt und rasch im Handeln. Sie töteten auch ihre eigenen Kinder, wenn es die Freiheit zu erhalten galt. Sie machten nicht viel Umstände. Für jedes ernste Ereignis hatten sie eine ebenso ernste Gegenmaßregel, für jeden Schicksalsschlag ein Abwehrmittel. Und sie traten Güte, Menschlichkeit, Anstand und Gesetz mit Füßen um des Vaterlandes willen. Für das Vaterland hätten sie auch ihr Seelenheil hingegeben, wenn die Seele damals irgend einen Wert besessen hätte.

Die Römer überlegten stets, bevor sie handelten. Aber sie machten nicht viel Worte.

»Zwei Dinge kommen in Frage. Tut man dies, so wird wahrscheinlich das und das geschehen; tut man das andere, so wird vermutlich das und das eintreten. Was also ist am vorteilhaftesten?«

Sie überlegten mit der Waage und den Gewichten in der Hand, wogen alle ihre Entschlüsse ganz genau ab und gaben immer demjenigen den Vorzug, der die Waagschale zum Sinken brachte, mit anderen Worten: dem schwerwiegendsten.

So waren die Römer bis zur Zeit der Gracchen. Die andern Römer waren weniger nach Machiavellis Geschmack. Sie waren ihm viel zu gelehrt, zu künstlerisch, zu gebildet, zu philosophisch. Gar nicht zu reden von denen, die sich später zum Christentum bekehrten. Das war eine klägliche Epoche. Damals begannen die römischen Kaiser überall Schatten zu sehen, statt vertrauensvoll den Blick zum Licht zu wenden. Dummheit und Feigheit hielten ihren Einzug in die Welt, und es gab keine Möglichkeit, sie wieder ins richtige Geleise zu bringen.

Steine fliegen durch die Luft, und Straßenjungen strömen in dichten Scharen aus den Gassen herbei. Die Schlacht ist auf der Brücke entbrannt. Das Stadtviertel Oltrarno zieht gegen das Quartier Santa Trinità zu Felde: die Wetten lauten drei zu zwei für Oltrarno.

Machiavellis Vaterstadt war eine Stätte eingefleischten Parteihaders, alter Familienzwistigkeiten und ständigen Streites um Läden, Konfession, Gewerbe. Die Seiler sahen die Leineweber mit scheelen Blicken an, die Goldschmiede schlugen sich mit den Goldschlägern herum, die Wollzupfer mit den Wollschlägern. Die alteingesessenen Geschlechter haßten die von auswärts zugezogenen, die Leute in der Stadt die Leute auf dem Lande. Trug einer eine Kappe, so blickte er bestimmt verächtlich auf den herab, der einen Hut aufhatte; selbst die Mode säte Zwietracht in die Herzen.

Ja, noch mehr, ein Stadtviertel befehdete das andere, ein Bezirk haßte den anderen, jede Vorstadt verabscheute die andere, jedes Tor machte Front gegen das andere. War man in der de'Bardistraße oder in der Nähe des Doms geboren, so war man sich bestimmt fremder als von Seine zu Spree. Ein leichter Unterschied im Klang der Stimme, in der Mundart, im Ausdruck, und man belächelte sich gegenseitig, rückte feindlich von einander ab.

Offener, mit der Faust oder einem Hagel von Steinen, trugen die Knaben ihre Kämpfe aus. Bei dem geringsten Anlaß stürmten sie in dichten Scharen aus den engen Gassen nach den Arnoufern und auf die Plätze. Pfeifend flog die Waffe Davids und Belilas aus ihren Händen nach Köpfen, Schienbeinen und Schultern der Gegner.

An jenem Tage tobte die Schlacht um die Brücke von Santa Trinità, und aus dem Bett des Arno schleppten die feindlichen Haufen immer wieder neue Steine herbei, rundgeschliffen im Gefälle des Flusses, ans Ufer geschwemmt und wie geschaffen für diesen Bürgerkrieg im kleinen.

Der Flußstein taugt nicht viel zum Bauen. Eine Mauer aus Kieselsteinen hält nicht lange. Der Kiesel verschiebt sich zu leicht im

Kalk, höhlt Löcher in den Mörtel, und eines schönen Tages stürzt alles ein. Sandstein und Schiefer aus den Bergen, Materialien, die auch ohne Mörtel halten, gehören zum Bau und zum Dachdecken eines Hauses. Die gab es in Fiesole, das mit seinen Bergen und Steinbrüchen den Baustoff für alle Paläste, Türme und Glockenstühle lieferte, die die Florentiner errichteten. Das war auch der Grund, weshalb sie das alte Fiesole so gern hatten, die »Mutter Fiesole«. Sie gab alles für sie hin, Götter, Paläste und Statuen, und schließlich, als sie nicht einmal mehr Ruinen zu verschenken hatte, sogar den eigenen Berg.

Aber am schönsten bleibt doch immer der Arno, der die Kiesel für den Bürgerkrieg liefert. Der Florentiner betrachtet den Bürger von Prati mit mißgünstigem Auge, er haßt den Pisaner und verabscheut den Venetianer, und noch viel mehr die Leute jenseits der Berge und des Meeres; aber was für Gefühle er für seine eigenen Mitbürger hegt, läßt sich überhaupt nicht in Worte fassen. Es macht Spaß, auf der Stadtmauer zu stehn, einem Pisaner ein Loch in den Kopf zu werfen und mitanzusehen, wie er der Länge nach ins Gras schlägt. Aber nichts wiegt die Freude auf, einem feindlichen Florentiner den Bauch mit der Hellebarde aufzuschlitzen, ihn am Rathaus aufzuhängen und sein Haus dem Erdboden gleich zu machen.

Der Flußkiesel ist und bleibt die gegebene Waffe für den Bürgerkrieg. Er ist rund und paßt sich gut der Hand an, ist schwer und fliegt weit, ist hart und zerschmettert alles, was ihm in den Weg kommt. Ihn von einem Turm oder Fenster aus, auf der Straße oder dem Marktplatz gegen die anstürmenden Gegner zu schleudern, ist das einzig Richtige bei einem Nahkampf.

So hagelte es auch an jenem Tage Steine auf der Brücke von Santa Trinità. Ganz Oltrarno war auf den Beinen. Es hatte die Sandfärcher zusammengetrommelt, stämmige Burschen mit muskulösen Armen, die ihre flachen Kiesel wie Pfeile durch die Luft schnellen ließen; die Seiler, die mit ihren dicken Beinen wie angegossen auf dem Brückenpflaster standen; die Lohgerber, die vom Ledergerben kräftige Lungen hatten; die Waffenschmiede, die das Eisen hieb- und stichfest hämmerten; die Wollschläger, die mit ihren Schlegeln die Wolle weich und locker klopften.

Nicolò beobachtete von einem Fenster aus das erbitterte Handgemenge, das wechselvolle Hin und Her des Kampfes. Die Tollkühnsten stürmten auch unter dem Steinhagel rücksichtslos drauf los, um den Gegner an der Brust zu packen und über das Brückengeländer zu werfen. Einer schwamm schon in den Fluten, ein anderer hielt sich krampfhaft an einem Mauervorsprung fest und schwankte wie im Winde hin und her. Die einen schrien: Hie Carmine! Die anderen: Hie Santa Trinità! Ein wildes Drängen, ein Schieben und ein Stoßen, wohin das Auge sah. Und nirgends ein Führer, der die Bewegungen leitete.

Einmal hatte sich Nicolò auch unter seine Genossen aus Santa Trinità gemischt, mit Steinen geworfen und blindlings zugeschlagen. Aber er wurde der wüsten, ziel- und planlosen Balgerei, die die Mühe nicht verlohnte, bald überdrüssig und schlug einigen Kameraden vor, den Fluß auf einer anderen Brücke zu überschreiten, den Feind zu umgehen und ihm in den Rücken zu fallen. Dies hatte er vor einigen Tagen im Titus Livius gelesen.

Aber seine Kameraden hörten ihm überhaupt nicht zu, sondern fuhren fort, Steine zu werfen, zu fluchen und laut aufzujauchzen, wenn sie einen Gegner, von einem Stein getroffen, zusammenbrechen oder vor ihren Hieben die Flucht ergreifen sahen. Als er weiter in sie drang, riefen sie ihm zu: Rutsch' uns doch den Buckel runter! Und da das Treffen mit ihrer Niederlage endete, fielen sie schließlich über ihn her und ließen ihre Wut an ihm aus. Ein Bekannter tröstete ihn mit den Worten: Kümmer' dich nicht um sie! Siehst du denn nicht, wie dumm sie sind?

Seitdem beobachtete Nicolò sie von einem Fenster aus, sah aus der Ferne mit an, wie sie sich tapfer schlugen, wie sie in völliger Auflösung zurückfluteten, wie mitunter eine seltsame Panik auch die Mutigsten ergriff, wie alles drunter und drüber ging, wie sie alle Kräfte an einem Punkte einsetzten, nicht für Reserven sorgten und sich alle an der unwichtigsten Stelle zusammenballten.

Er beobachtete sie und dachte dabei im Stillen: Das dort sind meine Florentiner, wie sie im Buche stehn. Ich kann wohl sagen, daß ich sie kenne. Ich bin hier geboren. Auch meine Eltern sind von hier. Recht angesehene Leute übrigens. Und reden können sie! Ach ja, die Florentiner Zunge! Sie ist die gewandteste in Italien und somit in der ganzen Welt. Hier kannst du reden, wie dir der Schnabel gewachsen ist. Ein schlagfertiges Völkchen – diese Florentiner!

Haben einen Spitznamen für alles. Eine Antwort auf jede Frage. Einen Mann für jede Situation. Ihre Worte marschieren immer hübsch in Reih und Glied wie ein Trupp Soldaten. Der Mensch, dieses Gewächs, gedeiht prächtig hierzulande. Und es ist ein wundervolles Land. Das schönste in Italien und auf der Welt. Einer ganz abscheulichen Welt. Aber du bist gezwungen, auf ihr zu leben. Da ist kein Land, das wirklich glücklich ist. Am allerwenigsten das arme Italien. Und weshalb? Weil es zu viele Florentiner gibt, ich will sagen, zuviel Leute, die gut reden können. Gut reden und schlecht handeln. Genau wie auf der Brücke dort unten. Seht euch das doch an! Hundert Jungen und hundert Führer. Jeder ist Führer. Keiner will gehorchen. Alle wollen nur befehlen. Keiner läßt die Meinung des anderen gelten. Jeder hat seine eigene Meinung. Und das Schlimme dabei ist, daß jede Meinung klug, einleuchtend, logisch und wohlbegründet ist: Prima Ware, gut eingepackt, mit einem hübschen Schleifchen. Das Schleifchen vergißt keiner. Aber es sind eben leider hundert Schleifchen da. Wie soll man da wählen? Armes Italien. Arme Welt. Denn Italien ist das erste Land der Welt. Das erste an Geist, das letzte an Willenskraft. Das erste im Reden und das letzte im Handeln. Das allererste und das allerletzte.

Italien

Wenige Jahre bevor Machiavelli Beamter der Stadtgemeinde von Florenz wurde, hatte Italien eine glückliche und friedliche Epoche unter Lorenzo dem Prächtigen erlebt, der ein Gleichgewicht zwischen den einzelnen Staaten zu schaffen verstand.

Lorenzo de'Medici war ein geschickter politischer Apotheker, der das Land eingeschläfert hatte, als er einsah, daß er es nicht gesund machen konnte. Der von ihm entdeckte Schlaftrunk hieß: Gleichgewicht.

Er war aus fünf Egoismen gebraut, war gelb wie der Neid, grün wie die Wut, schwarz wie die Furcht, rot wie der Dünkel, blau wie die Eitelkeit, und alles in allem rosarot wie die Hoffnung.

Wer ihn abends trank, schlief traumlos bis zum andern Morgen durch, wachte aber dann mit einem bitteren Geschmack im Munde auf, mit viel Galle im Blut, mit klopfendem Herzen, heißem Kopfe und rotunterlaufenen Augen. Seine Hände zitterten vor Habgier, und seine Streitsucht war größer denn je.

Mit Lorenzos Tod fand dies Gleichgewicht ein Ende, die fünf Hauptstaaten Italiens befehdeten sich noch heftiger als zuvor, und mit ihnen auch die fünfzig kleineren Nebenstaaten und die fünfhundert Unterstaaten, die von ihnen abhängig waren.

Italien war damals gleichsam ein in allen Farben schillernder Tümpel, auf dem in ganz kurzer Zeit schleimige, verschwommene Gebilde entstanden und ebenso rasch wieder vergingen. Jedes dieser Gebilde war ein Staat, ein Mittelpunkt, ein Führer. Jeder für sich, und alle gegen jeden, lautete die allgemeine Losung.

Lorenzo de'Medici war eine Art Giolitti, aber im Geiste eines Künstlers. Er war mehr Diplomat als Politiker. Aber auch als Künstler wirkte er durchaus im Sinne Giolittis, hielt stets in allem Maß und Ziel. Wenn er jemanden nicht vernichten konnte, so umschmeichelte er ihn; wenn jemand stärker war als er, so kroch er scheinbar zu Kreuze. Seine Verachtung für die Männer war fast genau so tief wie seine noch tiefere für die Frauen. Und obwohl er alle anderen Politiker seiner Zeit noch mehr verachtete als sie ihn, gelang es ihm doch, sie alle für sich einzunehmen und zu allgemeiner Waffenruhe zu bewegen.

Diese Jahre der Waffenruhe waren ein großer Segen für Italien. Die späteren Geschlechter, sagte ein Zeitgenosse, werden sich kaum ein Bild machen können von dem Wohlstand, den Italien damals genoß, von dem glücklichen Zustand, in dem die Italiener damals lebten. Alle Geschichtsschreiber weisen einmütig auf die jähe Wendung hin, die die Verhältnisse in Italien nach Lorenzos Tode nahmen. Das eiserne Zeitalter löste das goldene ab. Der Zusammenbruch stand vor den Toren.

Was taten die Städte Italiens nun?

Unbefestigt und schutzlos jedem Angriff preisgegeben, litten sie unter Drangsal aller Art, unter Krieg, Aufruhr und ständigen Fehden; sie bekämpften, unterdrückten, eroberten, plünderten, brandschatzten und belagerten sich gegenseitig.

Sie zerfielen in Sekten, Zünfte, Familien und Parteien. Heute jubelten sie dem Markus zu und morgen dem Antonius, heute Orsini und morgen Colonna, heute der Kirche und morgen San Marco, heute den Mediceern und morgen Savonarola. Die Leidenschaften wallten immer wieder auf und kochten leicht über, wenn nicht eine starke Hand den Deckel der Regierung festhielt. Es fehlte nie an Leuten, die sich nach etwas Neuem sehnten. Man rief zu den Waffen, man rottete sich auf dem Marktplatz zusammen, wo die Geschicke des Vaterlandes entschieden wurden.

Die Städte wurden belagert, verteidigt, erstürmt, wieder aufgegeben und zurückerobert; sie gingen aus einer Hand in die andere über, waren stets auf der Hut vor Nah und Fern, wenn jemand draußen vorbeizog, die Waffen rüstete, Versprechungen machte oder eine Drohung ausstieß. In jedem Stadtteil gab es Leute, die alles besser wußten und stets bereit waren, die Trommel des Aufstandes zu rühren, wenn ein Fähnlein oder ein feindlicher Haufe vor den Mauern auftauchte oder ein Bewaffneter, auf einer Leiter stehend, über die Wälle schielte. Da war kein Stadttor, das nicht von der Wache ausgeliefert, kein Bergpaß, der nicht geräumt, keine Burg, die nicht übergeben werden konnte. Hartnäckiger Widerstand kam selten vor. Zehn, hundert oder dreihundert Bewaffnete waren schon ein

Heer. Und ein Balken, eine Leiter, ein Handgeld genügten zur Eroberung einer Feste.

Und was taten die Führer?

Die Führer gelangten ans Ruder, vergrößerten ihre Macht, siegten und unterlagen; gelangten wieder ans Ruder, erfochten neue Siege, erlitten neue Niederlagen und verschwanden schließlich ganz von der Bildfläche. Einer tat es dem andern gleich. Sie hängten, vierteilten und enthaupteten. Sie wurden aber auch selbst gehängt, gevierteilt und enthauptet. Sie schlossen Verträge und brachen sie hinterher; sie eroberten Städte und verloren sie später wieder; sie knechteten das Volk und mußten ihm doch schließlich seine Freiheit wiedergeben. Es war, als spielten sie ständig *Wechselt, wechselt das Bäumlein!* Kaum war einer ohne Bäumlein, als sich die vier andern auch schon gegen ihn verbündeten; und hatte er wieder einen Platz, so waren sie alle gegen den, der ausgestoßen in der Mitte stand. Sie gingen auf Eroberungen aus, warben Söldner an, durchstreiften plündernd das feindliche Gebiet. Später mußten sie die Eroberungen wieder aufgeben, und die gleichen Söldner leisteten nun Kriegsdienste gegen sie und durchzogen plündernd das eigene Gebiet. Die Söldner gingen beständig aus einer Hand in die andere über wie Spielgeld, das erst dem Bankhalter für seine Zwecke dient und dann den Mitspielern, das sich erst vor ihm aufhäuft und dann vor den andern.

Keine Stadt war einig. Jede Stadt war in Parteien, Innungen und Familien gespalten. Der eine mußte für seine Söhne Rache nehmen, der andere für das verlorene Hab und Gut, ein dritter, weil man ihn in seiner Ehre angegriffen, und ein vierter, weil man ihn in seinem Ehrgeiz gekränkt hatte. Wer die Macht im Staate hatte, fürchtete den, der sie nicht hatte. Wie ein paar Bohnen in einem Topf voll kochendem Wasser, so wirbelte man im Strudel der Ereignisse auf und ab. War bald oben und bald unten, um nach Preisen zu haschen wie an einem Maibaum, und wurde laut ausgepfiffen, wenn man plötzlich wieder herabrutschte, nachdem man schon höher emporgeklettert war als die anderen, aber eben doch nicht hoch genug.

Eine Schande war es, wenn man den kürzeren zog, dagegen nicht, wenn man durch Tücke zum Ziel gelangte; und eine Dummheit war es, wenn man nicht daran dachte, mit dem Feind von heute eine gemeinsame Sache gegen den gegenwärtigen Bundesgenossen zu machen, der vielleicht der Feind von morgen war. Aber der Bundesgenosse war auch nicht auf den Kopf gefallen und hatte inzwischen schon im gleichen Sinne mit dem Feind verhandelt. Jeder hielt sich für schlauer als sein Genosse, und da einer den anderen an Schlauheit, raschem Handeln, Abgefeimtheit und Verrat zu übertreffen suchte, ging es genau so wie bei besonders höflichen Leuten, die vor einer offenen Türe stehn und zögern:

Bitte, treten Sie doch ein!

Nein, bitte Sie zuerst!

Sie stoßen sich schließlich mit dem Ellenbogen, während doch Platz für alle da ist.

Und Rom?

Rom war die erste Stadt auf Erden, war *caput mundi*, die Abortgrube der ganzen Welt, das Muttergeschwür des überall verbreiteten Aussatzes. Eine Stätte ewigen Zankes, mit stolzen Ruinen, vielen Sümpfen, chronischer Malaria und allgemeiner Unzucht. Ein Ort, wo Völlerei und bittere Not dicht nebeneinander hausten. Dort wurden Hexen verbrannt, und der Vatikan war voller Sterndeuter und Kurtisanen. Dort tat man Luther in den Bann und verriet Christus im kleinen. Dort trafen sich alle Schurken, Feinschmecker, Kuppler und Heiligen der Welt. Und den anständigeren Zeitgenossen erschien es wie eine Mischung aus Sodom, Gomorrha und Babylon.

Der Papst hatte Liebchen, Kinder und Konkubinen. Er pflegte die Kardinäle zunächst zu mästen, um sie später umzubringen, wenn sie sich tüchtig mit Geld und Reichtum vollgesogen hatten. Auch die Kardinäle hatten Söhne und Neffen. Alles war für Geld zu haben. Pfründe, Bistümer und Papstkronen wurden auf der Straße feilgeboten wie Melonen und Brezeln, wurden für politische Vorteile oder Frauengunst verschenkt wie Kleider oder Geschmeide. Scheffelweise kam das Geld herein, und scheffelweise ging es wieder fort.

Manche Päpste waren mehr für gut Essen und Trinken als fürs Schwert. Andere mehr fürs Schwert als für die Frauen. Wieder andere mehr fürs Gold als für die Straße. Und wieder andere mehr für die Kunst als fürs Gold. Aber keiner war für Christus.

So kam einmal ein Jude nach Rom und ließ sich taufen. Als man ihn nach dem Grund fragte, gab er zur Antwort: Ein starker Gott muß hinter dieser Religion stehn, damit sie sich in einem solchen Lasterpfuhl erhalten kann.

Und Italien?

Das herrliche Italien lag nackt, nur mit einem reichgestickten Schleier angetan, auf seinem Lager und wartete wie eine Buhle auf den Stärksten oder Reichsten, der es vergewaltigen oder kaufen würde.

Erlebnisse: Die Verschwörung der Pazzi

Krieg, Seuchen und Revolutionen haben dem Tode wieder den Platz eingeräumt, den er jahrhundertelang im Herzen und im Auge des Menschen einnahm.

Im letzten Viertel des vorigen Jahrhunderts, vor dem großen Kehraus von 1914, war der Tod den Menschen nur noch wie ein Begriff aus dem Wörter- oder Lesebuch bekannt. Hygiene und Frieden nahmen ihm immer mehr von seiner Machtbefugnis. Zwar blieb er stets eine Tatsache, die einzige und unumstößliche Tatsache für den Menschen, aber eine verborgene und unaufdringliche. In Anbetracht all der Vorsichtsmaßregeln, der Verlegung der Friedhöfe vor die Wohnstätten, der erfolgreichen Bekämpfung der Seuchen und Hungersnöte, war der Tod ein seltenes Schauspiel für die Menschen. Und möglichst lange zu leben war scheinbar Zweck des Daseins. Wollte man dem Tod begegnen, so mußte man schon nach Afrika oder nach dem Orient reisen, wohin er sich scheinbar geflüchtet hatte.

Zu Machiavellis Zeit war die allgewaltige *Gegenwart des Todes* dagegen stets zu spüren. Es gab überall Tote: auf den Straßen, in den Kirchen, vor den Toren der Paläste, auf den Stadttürmen, auf dem Wasserspiegel der Flüsse. Die Leichen wurden nicht mit allen Ehren bestattet wie heutzutage; sie lagen meistens nackt umher. Blau angelaufen und nach Verwesung riechend; auf den Straßen verfaulend; auf den Marktplätzen in blutige Stücke zerfetzt; mit aufgeschlitzten Leibern, dem Spott der Gassenjungen preisgegeben; oder gräßlich aufgedunsen auf den Fluten treibend. Ewige Seuchen, regelmäßige Kriege, ständige Rachetaten, alljährliche Revolutionen, Räuber- und Bandenwesen übersäten die Welt mit ihnen. Und bei den Lebenszielen, die man sich steckte und zu erreichen strebte, fand man gar oft den Tod.

Der Kampf um die Macht im Staate war gefährlicher als heutzutage. Es handelte sich nicht nur darum, im Parlament seine Stimme gegen irgend jemanden abzugeben. Es ging nicht nur um einen

Ministersitz. Man riskierte nicht nur, sein Auto oder seine Freikarte für die Staatseisenbahn zu verlieren. Man kämpfte nicht nur um einen Bürgermeisterposten oder eine einträgliche Stellung in einer Bank. Nein.

Man setzte fast immer sein Leben ein. Unterlag man, so bezahlte man mit dem eigenen Leben. Siegte man, so nahm man dem Gegner das Leben. Darüber verlor man kein Wort der Klage oder des Bedauerns. Wer den Kampfplatz betrat, wußte auch, was er riskierte. Niemand konnte den Konkurs erklären, wenn ihm seine Bank den Kredit kündigte und die Partie verloren war.

Unter den ersten Leuten, die Machiavelli den Einsatz verspielen sah, waren die Pazzi. Aber waren sie wirklich solche Narren, wie ihr Name sagt, diese Pazzi, Salviati und Bandini, die im Jahre 1478 im Florentiner Dom ein Attentat auf das Leben der Mediceer Lorenzo und Giuliano machten und während der Messe den einen töteten, den anderen verwundeten, als der Priester gerade die Hostie über ihre Köpfe hielt?

Viele Jahrhunderte sind seitdem verstrichen, und wir haben uns daran gewöhnt zu leben. Wir sind schrecklich klug geworden inzwischen, vielleicht aber auch nur feige oder langweilig. Wir wissen, daß es Wahnsinn ist, für die Freiheit zu kämpfen, die wir dem Volke zu Gefallen edel nennen, die aber doch ein Wahnsinn bleibt. Wir wissen, daß die Völker meistens gar nicht für die Freiheit sind; daß sie ein aristokratisches, ein recht verfeinertes und kompliziertes Gefühl ist, nur wenigen eigen, wie es ja auch nur wenige Dichter, wenig wirklich moralische und geniale Menschen gibt. Wir wissen, daß die Pazzi aus Ehrgeiz so handelten, um ihrer Interessen willen, die die Mediceer mit Füßen traten, aus Wut, aus innerer Erregung. Wir wissen, daß es leicht ist, einen Tyrannen umzubringen. Wir wissen ferner, daß die Knechte, wenn man ihren Herrn tötet, sofort nach einem andern Ausschau halten. Wir wissen, daß der Tyrann gar nicht so verabscheuungswürdig ist, sondern oft nur ein armer Teufel, ein tief unglücklicher, geduldiger und bedeutender Mensch, der alle Fehler und alle Not der Seinigen auf sich nehmen muß, um die Völker dorthin zu führen, wohin sie niemals kämen, wüßten sie, wohin die Straße geht. Wir wissen, daß die Völker manchmal das Bedürfnis nach einem Führer haben, daß sie nicht denken wollen, sondern blindlings gehorchen, daß sie weder Pläne fassen, überlegen, Probleme aufrollen, sich quälen oder Zweifel hegen wollen, sondern bereitwillig das annehmen, was ein anderer für sie beschließt; und daß somit ein Tyrann oft nützlich, notwendig und segensreich ist.

Wir wissen allerlei. - Aber wieviel wissen wir auch nicht, trotz unserer viele Jahrhunderte alten Erfahrung, trotzdem wir alles kennengelernt, alles fein säuberlich notiert, alles erschöpft und alles in Erwägung gezogen haben?

Um so merkwürdiger berührt es, daß Machiavelli all diese Dinge mit klarem und scharfem Geist erkannte, während sie allen anderen entgingen.

Der Aufstand von Jacopo de'Pazzi, der der Älteste seines Geschlechtes ist und an der Spitze von hundert Bewaffneten auf den Platz vor der Signoria zieht, um das Volk zur Freiheit aufzurufen, gewinnt bei Machiavelli die Bedeutung eines Symbols und einer Warnung.

»Das Volk« - so sagt Machiavelli - »war betäubt vom Glück und von der Freigebigkeit der Medici, und die Freiheit war unbekannt in Florenz. So begrüßten ihn nur die *signori*, die sich in den oberen Stockwerken des Signoriapalastes zusammengerottet hatten, mit einem Hagel von Steinen und schüchterten ihn, so gut sie konnten, mit Drohungen ein.«

Denn an Kieseln fehlte es bekanntlich nie bei einem Aufstand in Florenz.

»Und während Messer Jacopo noch unschlüssig dastand,« - fährt Machiavelli fort - »kam sein Schwager Giovanni Serristori vorbei und machte ihm zunächst Vorwürfe über den Aufruhr, den er da angezettelt hatte; dann bestimmte er ihn, nach Hause zu gehen, und versicherte ihm, daß das Volk und die Freiheit den anderen Mitbürgern genau so am Herzen läge wie ihm.«

Dieser Giovanni Serristori war eben scheinbar ein gemäßigter und kluger Mann.

Was zum Teufel taugte die Freiheit, zu der die Pazzi das Volk von Florenz aufriefen? Diese Florentiner Patrizier, die später unter den Großherzögen geadelt wurden, dachten gar nicht daran, das Volk mitregieren zu lassen. Als Freiheit bezeichneten sie den Turnus, laut dem ihre Geschlechter sich in den Ämtern und öffentlichen Würden ablösten und laut dem sie mit ständig weiterwuchernder

Ungerechtigkeit ihren eigenen Verwandten und Gesinnungsgenossen Güter und Vorteile zuschanzen konnten. Sie waren Verschwörer, die für die freie Volksabstimmung eintraten, damit sie selbst gewählt würden, und die Mediceer Tyrannen schimpften, weil diese nicht für die Minderheit waren und nicht ihre Säckel füllten.

Wir wissen, daß die Tyrannen in Wirklichkeit den Fortschritt und den neuzeitlichen Staat verkörperten, im Gegensatz zu dem finstern Mittelalter, das noch immer üppige Blüten in der Stadtgemeinde von Florenz trieb.

Wir wissen ferner, daß die Mediceer die wahren Freiheitsfreunde waren, die die untern Volksschichten aus den Klauen und der Zwangsherrschaft der obern befreien wollten. Aber wieviel wissen wir trotzdem nicht? Um so erstaunlicher ist es, daß Machiavelli all dies schon damals wußte.

Er sah gewiß bei der Hinrichtung der Pazzi zu. Damals war er neun Jahre alt. Was er uns darüber erzählt, weiß er sicher nicht nur vom Hörensagen; es ist ein Ereignis seiner Zeit, das er selbst miterlebte.

Das Bild, das er von Francesco de'Pazzi entwirft, der neben dem Erzbischof Salviati gehängt werden soll, der nackt zwischen den Reihen des empörten Volkes Spießruten laufen muß und ungeachtet aller Schmähungen und Qualen »keinen Ton über die Lippen bringt, sondern die andern starren Blickes ansieht, ohne ein Wort der Klage, nur hin und wieder einen stummen Seufzer ausstoßend« – dieses Bild hat viel Ähnlichkeit mit dem von Vitellozzo, der sich zu der Unterredung mit Cesare Borgia begibt, »unbewaffnet, in einem weiten, grün gefütterten Mantel, tief betrübt, als ahne er seinen nahen Tod vorher«.

Beide Dinge waren zunächst »Erlebnisse« und verwandelten sich erst später in *Florentiner Historien*.

Erlebnisse: Der Krieg der Quartiermacher

Machiavelli sah auch Karl VIII. in Florenz.

Bevor Karl VIII. in Italien einfiel, waren Politik und Krieg zwischen den Adelsgeschlechtern und den Stadtrepubliken mehr oder weniger nur ein ewiges Hin und Her, ein Auf und Ab, eine wüste Balgerei, bei der man schließlich doch immer mit heiler Haut davonkam. Allenfalls handelte es sich darum, ein paar tausend Gulden zu bezahlen oder eine Stadt aufzugeben, aber beim nächsten Treffen holte man den Verlust wieder ein.

Das wichtigste war, daß sich niemand das Rückgrat dabei brach. Nur Hiebe waren gestattet. Sonst hätte das lustige Spiel von Politik und Krieg gar zu schnell ein Ende genommen.

Venedig und Mailand, Lucca und Pisa, Siena und Florenz, Papst und Kaiser, Genua und Savoyen hatten verschiedene Gründe zur Eifersucht; aber niemand war einsichtsvoll genug, um vergessen zu können, daß das Erstarken eines Bundesgenossen gefährlicher war als die gegenseitige Nebenbuhlerschaft. Sobald einer zu stürzen drohte, waren alle anderen bereit, ihm durch ein Bündnis, einen Verrat oder eine Vermittlung wieder auf die Beine zu helfen.

Bei diesem Spiel wurde der Dolch der Politik immer schärfer. Er war so scharf geschliffen durch den Wetzstein des Verstandes, daß er nicht mehr wie ein Dolch aussah, sondern wie ein Operationsmesser, ja sogar wie eine Rasierklinge. Die Politik war die Kunst der Sicherung und Rückversicherung, der List und Gegenlist: eine Kunst, bei der man dem Gegner so viele Fallen stellte, daß man zuletzt selbst nicht mehr wußte, wohin man treten sollte. Die Herrscher der damaligen Zeit glaubten das Ihrige getan zu haben, wenn sie sich eine schlaue Antwort ausdachten, einen schönen Brief schrieben, große Reden schwangen, ein geschicktes Lügengewebe flochten, sich mit Luxus und Laster umgaben, hochmütig zu den Besiegten und heimtückisch gegen die Sieger waren und sich im übrigen auf die faule Haut legten.

Die Italiener selbst nahmen sich der Politik an und ließen andere für Geld Krieg führen. Sie waren zu klug, um sich untereinander herumzuschlagen. Durch Handel erwarben sie Geld, für Geld kauften sie sich Heerführer, durch die Heerführer kamen sie zu Söldnern, und mit diesen führten sie Krieg, belagerten Städte und verwüsteten das feindliche Gebiet. Aber da die Heerführer auch nicht auf den Kopf gefallen waren, fanden sie bald heraus, daß sie ihren Sold um so länger bezogen, je länger der Krieg dauerte. Das gleiche, was bei einem Prozeß von den Rechtsanwälten gilt, galt bei den Kriegen auch von den Heerführern: Solange eine Sache in der Schwebe ist, macht sie sich bezahlt!

Diese »Nomadenkönige« streiften ständig durch Italien, auf der Suche nach »seßhaften Königen«, die sie in ihren Sold nähmen; und es ist fraglich, ob sie bei der Bewerbung um einen Führerposten eine demütige oder drohende Haltung einnahmen, ob sie nicht riefen: Das Geld her oder das Leben!

So bildete sich zwischen den Heerführern und Söldnern der verschiedenen Parteien allmählich ein stillschweigendes Einverständnis heraus, das in der politischen Atmosphäre der damaligen Zeit mehr wert war als offene Verträge. Wenn nicht gerade persönlicher Haß hinzukam, versuchten die Heerführer niemals, einen Krieg zu beenden; die Söldner kämpften, ohne sich zu verwunden oder zu töten; man möchte fast glauben, daß sie all ihre Aufmerksamkeit darauf richteten, sich nichts zuleide zu tun, wenn man bedenkt, daß nach einem ganzen Tag erbitterten Ringens nur ein toter Mann auf der Walstatt zurückblieb, der vermutlich auch nur bei einem unglücklichen Sturz vom Pferde das Genick gebrochen hatte.

Ein Sieg war das schlimmste, was einem solchen Söldnerführer zustoßen konnte. Durch ihn ging er ja eines Solds verlustig. Deshalb gestattete er nach der Eroberung einer Stadt auch meistenteils - gleichsam als angenehme Zugabe und festlichen Abschiedsschmaus - seinen Soldaten die Plünderung. Und so geflissentlich diese es vermieden, in der Schlacht irgend jemand ein Haar zu krümmen, so geflissentlich sahen sie darauf, bei der Eroberung nichts unversehrt zu lassen. Sie tranken die Weinfässer aus und schwängerten die Frauen, sie beraubten die Reichen ihres Goldes und die Familien ihrer Väter, sie stahlen, raubten, füllten ihre Taschen, zerstörten, praßten und äscherten Häuser, Kirchen, Läden und Paläste ein, nach allen Regeln der Kunst und ohne Unterschied der Parteien.

Hatte eine Stadt sich hartnäckig zur Wehr gesetzt, so floß auch Blut; und da es in den stillschweigenden Regeln des Scheinkrieges nicht vorgesehen war, wurde es jetzt unter die sprechenden Regeln des wirklichen Krieges aufgenommen.

So war der Krieg eine Komödie in der Schlacht, ein Trauerspiel nach dem Siege. Er war ferner stets ein Geschäft, das die Fürsten und Republiken aus Geschäftsgründen in Angriff nahmen und das wie ein Geschäft liquidiert werden mußte.

Da geschah es, daß eines Tages ein italienischer Adliger, Ludovico Sforza, genannt der Mohr, gegen eine Spielregel der italienischen Politik verstieß. Diese stillschweigende Regel lautete: Ruft keine Fremden nach Italien. Zum Spiel der italienischen Politik sind lediglich Italiener zugelassen. – Ludovico fühlte sich im Besitze Mailands bedroht, das er sich auf mehr oder weniger gesetzwidrige Weise – wie so viele andere italienische Adlige – auf Kosten seines Neffen Giovanni Galeazzo aneignen wollte. Das beunruhigte seine Nachbarn, vor allem Piero de'Medici, und sie drohten, gegen Ludovico ein Bündnis mit den Aragoniern aus Neapel ins Leben zu rufen.

Zur Schlichtung dieses Streites wollte Ludovico einen Franzosen ins Land rufen: Karl VIII., den König von Frankreich.

Vergebens schickten die italienischen Adligen eine Gesandtschaft nach der andern zu Ludovico, mit der Bitte, dies Italien zuliebe zu unterlassen. Er gab hartnäckig zur Antwort: Wer ist dies Italien, von dem man mir so viel erzählt? Ich habe es noch nie gesehen.

Und das war richtig, niemand hatte Italien je gesehen. Zwar reimte es sich ganz gut im Mund der Dichter und lieferte den Schauspielern immer wieder neuen Stoff zu ihren Improvisationen auf der Bühne. Aber Ludovico war kein Dichter. Er sah nur seine Vorteile und wollte sie behaupten. Mochte Piero de'Medici ruhig damit drohen, die Türken ins Land zu rufen; er würde trotzdem die Franzosen herbeiholen.

Karl VIII. von Frankreich war ein Vorläufer der Romantik. Die Ruhmsucht stachelte ihn an. Vielleicht war er auch nur ein Narr mit einer fixen Idee; aber Narren auf dem Throne werden mitunter zu großen Königen. Seine fixe Idee war, in Süditalien festen Fuß zu fassen und später von dort einen kleinen Abstecher nach Palästina zu machen. Er wollte es Karl dem Großen und Ludwig dem Heiligen gleichtun.

Im Jahre 1494 fiel er in Italien ein, an der Spitze eines für damalige Begriffe ziemlich starken Heeres. Er hatte Söldner aus der Gascogne und der Schweiz angeworben, eine stattliche Schar tapferer, von ritterlichem Geist erfüllter Männer, und führte etwa vierzig Geschütze mit sich: Feldschlangen und Vierundzwanzigpfünder, eine damals noch ganz neue und schreckliche Waffe. Und vor sich hatte er nur die Angst der Italiener.

Er hatte Trommler und Pfeifer, Trompeter, Bannerträger, Hauptleute, Armbrustschützen, Musketiere und Pioniere, lauter Leute, die in Reih und Glied marschierten und alle einheitlich bewaffnet und gekleidet waren. Zahlreiche französische Kurtisanen folgten diesen wohlgeordneten Haufen. Noch mehr als die Geschütze schüchterte die Disziplin die Italiener ein, die bisher nur in aller Eile zusammengetrommelte Truppen kannten, die nur an Straßenkämpfe, an tägliche Zusammenstöße ohne Blutvergießen und an Plünderungen gewöhnt waren und die schon beim geringsten Laut ihre Läden verrammelten und ihre Frauen in die Klöster sperrten.

Savoyen ließ ihn ungehindert die Alpen überschreiten, Ludovico die Apenninen, Florenz, Siena und Rom versorgten ihn mit Geld und Lebensmitteln und empfingen ihn mit tiefen Bücklingen.

Fivizzano, der erste Flecken, der ihm Widerstand zu leisten wagte, wurde von den Franzosen erobert und geplündert, die Einwohner niedergemetzelt. Dies jagte den andern italienischen Städten, die noch Widerstand hätten leisten können, einen solchen Schreck ein, daß sie statt dessen dem Fremdling eiligst die Schlüssel ihrer Burgen aushändigten und ihn zu ihrem Befreier und Beschützer ausriefen.

Mit fröhlicher Miene zog dieser durch das schöne Italien, die Leute mit seinen großen, verquollenen Fischaugen anglotzend, die dicke Nase hochmütig emporreckend, die Lanze stolz in die Seite stemmend wie ein Eroberer, auf einem prächtigen Streitroß oder einem Thronsessel sitzend, weil seine schmächtige Gestalt die Italiener zum Lachen reizte. Vor ihm her zogen seine Quartiermacher und kündigten mit Kreidestrichen an den Toren der Häuser und Paläste an, wo er mit seinen Edelleuten wohnen würde und von den schönsten Frauen, den reichsten Adligen, der hohen Geistlichkeit und den Volksmassen festlich empfangen werden sollte, mit einem Blumenregen, mit Fahnen und Teppichen vor den Fenstern. Auf seinen Bannern stand: *Der von Gott Gesandte.*

Der Mönch Savonarola hatte prophezeit, daß er wie ein zweiter Cyrus in Italien einfallen würde, um es für seine Sünden zu züchtigen. Und so eroberte er Italien im Spiel, mit der Quartiermacherkreide und mit hölzernen Sporen.

Italien verstand sich von jeher trefflich aufs Festefeiern und ließ sich auch in diesem Jahr nicht lumpen. Wohin Karl VIII. auch immer kam, er wurde überall mit festlichem Gepränge empfangen, mit bunten Umzügen und feierlichen Reden, von Geistlichen in vollem Ornat, mit allegorischen Figuren auf den Wagen und mit brennenden Kerzen an den Fenstern, von Adligen mit Schlüsseln in der Hand, die ihn bereitwillig in ihrem Haus aufnahmen, mit Baldachinen und Teppichen an den Balkonen, die ihm zu Ehren mit einer goldenen Lilie bestickt waren.

Nach wenigen Tagen verwandelte sich der Blumenregen vielleicht in einen Hagel von Steinen. Aber das merkte Karl erst auf dem Rückweg. Von dem Hinweg bewahrte er sicher eine schöne Erinnerung - ein schönes »souvenir d'Italie«, wie auf den venezianischen Muscheln steht.

Als Karl VIII. in das Gebiet von Florenz gelangte, fuhr Piero, dem feigsten aller Mediceer, ein heftiger Schrecken in die Glieder; er eilte ihm entgegen, tat einen Kniefall, schenkte ihm die Festungen von Sarzana, Sarzanello, Pietrasanta und Livorno, lud ihn nach Florenz ein und bot ihm außerdem noch zweihunderttausend Gulden und die Gastfreundschaft in seinem Haus an. Mit anderen Worten, er lieferte ihm ganz Toskana aus.

Ein derart kindisches Verhalten dünkte selbst die besonnensten Florentiner zu weitgehend, und ein plötzlicher Aufstand zwang ihn, mit seiner ganzen Familie aus der Stadt Johannes des Täufers zu fliehen.

Als Karl VIII., durch seinen siegreichen Einzug in Florenz verblendet, mit echt französischer Arroganz drohte, das Zeichen zur Plünderung der Stadt zu geben, wenn man ihm nicht alles bewilligte, was er verlangte, mußte er sich von einem gewissen Capponi sagen lassen, daß in diesem Falle die Florentiner ihre Glocken Sturm läuten lassen würden. Obwohl der König ein großer Romantiker war, begriff er doch, daß die Kieselsteine der Florentiner selbst für die Köpfe seiner Söldner ziemlich hart sein würden, die an den stolzen Palästen der Adligen und an den Giebeln des florentinischen Volkes vorbeimarschieren müßten. Er sagte sich, daß seine Geschütze einen Tagesmarsch weit entfernt seien, ließ sich zu einer Herabsetzung des geforderten Tributs herbei, machte ein *bon mot* über Capponis* Namen, versprach den Florentinern goldene Berge, legte sich den Titel eines Verteidigers der Freiheit von Florenz bei – was ja nichts kostete –, und nachdem er sich noch einige Tage teils drohend, teils verärgert in Florenz herumgetrieben hatte, zog er wieder ab, um mit Gottes Hilfe und auf die hartnäckigen Bitten Savonarolas hin das Königreich Neapel zu erobern. Dieses fiel ohne einen Schwertstreich in seine Hand, unter dem Jubel des Volkes, den Huldigungen der Granden und der Flucht des Königs. Sogar das Wetter war auf seiner Seite; der Winter war viel milder als sonst. Auch Pisa hatte längst die Waffen gestreckt, den verhaßten Marzocco** zertrümmert und statt seiner dem König ein Standbild errichtet. Ganz Italien lag besiegt zu seinen Füßen.

Aber Italien ist ein komisches Ländchen. Der Siegestrubel in Neapel war noch nicht verrauscht, als die Staaten, die Karl VIII. seinerzeit ungehindert durchmarschieren ließen, ohne die Mündung einer Feldschlange auf ihn zu richten oder den Dolch eines Helden gegen ihn zu zücken, sich schon empörten und zusammenschlossen, um ihn wieder zu verjagen. Karl VIII. kehrte in Eilmärschen nach Frankreich zurück, das Königreich Neapel löste sich in blauen Dunst auf, das Volk und die Granden feierten ein neues Fest zu Ehren der Thronbesteigung seines Gegners, Pisa stürzte das Standbild des Königs wieder um, ohne freilich auch wieder unter die Herrschaft von Florenz zurückzukehren, und dieses und der Mönch hatten das Nachsehen und den Spott. Und die französischen Geschichtsschreiber, die dem Heere König Karls folgten, wiesen darauf hin, daß »la nature de ce peuple d'Italie est d'ainsi complaire aux plus forts«.

Auf dem Rückzug füllte Karl VIII. rasch noch seine Taschen, streute Versprechungen aus und schleppte zwanzigtausend Säcke

* Italienisch *Cappone* ist der Kapaun

** Marzocco ist ein steinerner Löwe, das Wahrzeichen der Republik Florenz voll gestohlener Sachen mit sich, darunter viele Gemälde und Bücher; denn er hatte für einen Dieb recht viel Geschmack und schlug stets nur das beste Schaufenster ein.

In Fornovo, im Tarnotal, erwartete ihn ein Heer der italienischen Verbündeten. Alle waren vertreten: vom Papst bis zu den Venezianern. Sie hätten ihn leicht vernichten können. Der Kampf dauerte kaum eine Stunde, und es war die erste ernste Schlacht, die die Italiener lieferten. Der Sieg war ihnen schon sicher. Da erblickten die italienischen Landsknechte plötzlich den reichen Troß der Franzosen und fielen plündernd darüber her, so daß Karl VIII. sich mit seinem Heer in Sicherheit bringen konnte. Aus der Kirche ausgestoßen, kehrte er nach Frankreich zurück, war aber immer noch rüstig genug, um im Geist eine neue Vergnügungsreise nach Italien zu erwägen. Da glitt er eines Tages auf den Stufen seines alten Lieblingsschlosses aus und starb so eines kläglichen Todes, noch bevor er etwas erreicht hatte.

Seitdem wußten die Franzosen, Spanier, Deutschen und Schweizer, wie schön Italien war, feil und jedem zugänglich wie eine Buhle: sie kamen von den Bergen herab, überfluteten es, brachen in die Städte ein, zogen durch die Dörfer, marschierten die Täler entlang, schlugen sich kreuz und quer durchs Land und erfüllten Italien zu jeder Jahreszeit mit Feuersbrünsten, Gewalttaten und unbekannten Seuchen, mit Blut und unehelichen Kindern. Hin und wieder ermannte sich wohl der eine oder andere Staat, empörte sich, läutete die Glocken zum Sturm, forderte Franzosen und Spanier zu offener Feldschlacht heraus und schlug sie aufs Haupt. Im einzelnen tapfer, waren diese Italiener in der Mehrzahl feige; im einzelnen die wohlgesittetsten Leute der Welt, verwandelten sie sich in eine traurige Rotte, sobald sie in größeren Scharen auftraten; im einzelnen an Geist den Dummköpfen jenseits der Alpen weit überlegen, entpuppten sie sich selbst als die größten Einfallspinsel, sobald es gemeinsam zu handeln galt.

So sah Machiavelli Karl VIII. in Florenz einziehen, die Lanze im Steigbügel, umringt von dem dummen Pöbel, der ihm laut zujubelte, und von den verschlagenen Edelleuten, die ihm heimlich eine Grimasse schnitten.

Als Machiavelli den Schauplatz des öffentlichen Lebens von Florenz zum erstenmal betritt, erblickt er den Gottesstaat Savonarolas, der die Tyrannei der Mediceer ablöste, in seiner vollsten Blüte. Es war vorbei mit den rauschenden Festen und dem Gleichgewicht Lorenzos. Tief zerknirscht gingen die Leute über die Straße und dachten an ihre Sünden und, was noch schlimmer war, an die der anderen. Die Frauen trugen Röcke bis zu den Füßen, Zöpfe, hochgeschlossene Mieder und lange Ärmel und sahen züchtig unter sich. Die Parfümeriegeschäfte machten Bankerott. Die Friseure mußten ihre Läden schließen. Getanzt wurde nur noch heimlich, weil das Tanzen ein verbotenes Vergnügen war. Selbst die Gassenjungen spielten nicht mehr wie bisher auf den Straßen von Florenz, nach alter Gewohnheit laut über ihre Väter, Mütter und Schwestern schimpfend, sondern reihten sich in die Schar der Gottesstreiter ein und suchten teils aus angeborener Schnüffelsucht, teils aus frommem Eifer in den Häusern nach Beweisstücken der Eitelkeit und Völlerei, die dann öffentlich verbrannt wurden.

Gerolamo Savonarola und seine Piagnoni* genannten Anhänger waren gewissermaßen Vorläufer der christlichen Volkspartei. Sie waren für eine enge Verbrüderung von Gott und Volk, für eine Erneuerung der Kirche, für eine offene Politik, für einen friedlichen Sieg und für die unblutige Unterwerfung Pisas. Sie waren auf allen Friedenskonzilen vertreten und setzten das Heeresbudget der Republik Florenz herab. Um ihren weinerlichen Pazifismus auch öffentlich kundzutun, weihten sie Florenz sogar der Nachfolge Jesu Christi und machten diesen zum König ihrer Republik.

Der erste Brief, der uns von Nicolò Machiavelli erhalten blieb, ist an Gerolamo Savonarola gerichtet. Nicolò verschafft sich in die Geschichte mit einem Dokument Eingang, das ihn schon im Jahre 1497 in der Fülle seiner Eigenschaften zeigt: er ist schon damals ein

* *Piagnoni* sind die Klagemänner

Mensch, der alle Lügen rücksichtslos enthüllt, der klar denkt und den Dingen auf den Grund geht. Während König und Volk, Politiker und Künstler an der trüben Beredsamkeit des Mönchs, an seinem aus dunklen Weissagungen und gehässigen Schmähungen, aus Erdichtetem und Erträumtem, aus geheimnisvollen Symbolen und verworrenen Prophezeiungen gebrauten Gifttrank sich berauschen, versucht er hinter seinen hochtrabenden Worten die gewinnsüchtigen Motive zu entdecken und bei all seinen Handlungen die Wirkungen zu berücksichtigen. Mit der Waage der tatsächlichen Wahrheit wägt er die »Lügen«, mit denen der Mönch seine Predigten färbt, und kommt zu der Erkenntnis, daß mit dem Wechsel des politischen Regimes auch sie die Farbe wechseln. Das genügt ihm. Offenbar wittert er hinter dem Mönch den Betrüger. Aber das war ein Irrtum.

Savonarola ließ sich nicht begreifen, sondern nur fühlen; und diese Fähigkeit ging Machiavelli ab, so hellsichtig er sonst auch war. Das Volk von Florenz dagegen fühlte wohl alles, begriff aber – wie die Massen ja im allgemeinen – nichts. Es spürte nur den dunklen, geheimnisvollen und dämonischen Zauber, der von Savonarola ausging, und ließ sich von ihm gefangennehmen. Jahrhunderte sind inzwischen vergangen, und es erscheint uns heutzutage unverständlich, daß so viele Leute sich von den schwülstigen Moralpredigten des Mönchs blenden und bewegen ließen, ihr Leben, ja sogar ihr Geld für ihn hinzugeben. Bei aller Bewunderung für Savonarolas Persönlichkeit kann man heutzutage ein Gähnen nicht unterdrücken, wenn man den dicken Band liest, den Villari und Casanova wohlgemerkt nur aus einer Auswahl seiner bedeutendsten Predigten zusammenstellten. Alles, was wir daraus entnehmen können, beschränkt sich auf die Richtigkeit einiger Prophezeiungen, die die Beweiskraft und Wirksamkeit seiner Angriffe gegen den Papst schwächen und die oft nur als ziemlich durchsichtige Kryptogramme zu betrachten sind, so dunkel und fernliegend uns seine Anspielungen auf die Bibel heutzutage erscheinen.

Es ist richtig, daß man mit einem Becher voll Unklarheit oft mehr Leute zu berauschen vermag als mit einem Faß voll Klarheit. Savonarolas Fall steht nicht allein in der Geschichte da. Um so merkwürdiger fühlt man sich durch die Tatsache berührt, daß inmitten all dieser Leidenschaften, Gegensätze und überhitzten

Phantasien, inmitten der allgemeinen Geistesverwirrung, von der Florenz damals befallen war, ein junger Mensch, der alle Ursache gehabt hätte, sich politisch auf guten Fuß mit Savonarola zu stellen, sich entschieden von ihm lossagte, kein Wort von dem glaubte, was er predigte, ihn als politische Macht wertete und fühlte, daß diese nicht die Feuerprobe bestehen würde.

Mit unendlicher Verachtung muß er auf diesen Propheten herabgesehen haben, der seine Mitbürger in einen Taumel der Begeisterung versetzte; und man fühlt das ganze Gewicht seiner Verachtung noch in dem Spitznamen, mit dem er später alle Leute brandmarkte, die wie Savonarola die Menschen für Ideale begeistern wollten, welche zu hoch sind für den Durchschnitt und nicht in der Wirklichkeit ihrer Zeit verwurzelt waren, und die sich nicht entschließen konnten, auch die nötigen Mittel zur Verwirklichung dieser Ideale anzuwenden. Er nannte sie »ohnmächtige Propheten«.

Schon damals wies Machiavellis Geist eine für damalige Begriffe fast beschämende Gesundheit auf – eine Gesundheit, die so ungewöhnlich war, daß sie fast für eine Krankheit gelten konnte, eine Ausgeglichenheit, die fast an Wahnsinn grenzte. Sie hat etwas Erstaunliches, ja fast Furchtbares. Sie hat nichts mit dem Skeptizismus und der politischen Feindschaft der Gegner Savonarolas zu tun. Sie ist eine Art erhabener und überirdischer Weisheit, von der ein kaltes, gleichmäßiges Licht auf alle Dinge ausstrahlt. Im Weltall sich verlierend, fallen ihre Strahlen mit ungebrochenem Licht und unbeugsamer Gerechtigkeit auch auf das Ereignis, das in diesem Augenblick alle Gemüter bewegt, beseelt und erschüttert. Derjenige aber, der sie ausstrahlt, ist Millionen Meilen weit entfernt.

Denkt man tiefer über dieses erste Auftreten Machiavellis nach, so sieht man ihn bereits in seiner ganzen Größe vor sich, gewappnet und – ich möchte fast sagen: wehrlos zugleich durch seinen überlegenen Verstand und eine unbegrenzte Fähigkeit, Haß und Unverständnis aller Art auf sich zu ziehen.

Man glaubt ihn im Hintergrund eines Kirchenschiffs von San Marco stehn zu sehen, wie er mit spöttischem Lächeln das Profil des Mönchs auf der Kanzel betrachtet, der die Rache des Himmels auf die Pfaffen, Tyrannen, leichtfertigen Frauen, Professoren und seine Gegner herabbeschwört und die Welt um Jahrhunderte zurückwerfen will. Savonarola war das Mittelalter, Machiavelli die

Neuzeit, und nicht einmal seine Zeitgenossen konnten ihn verstehen.

Savonarola erwartete alles von Gott, Machiavelli alles vom Menschen.

Daß ein durch Klugheit ausgezeichneter Mann bei der Bewerbung um ein öffentliches Amt vier Dummköpfen vorgezogen wird, ist fast ebenso auffällig, als wenn ein Ehrenmann vier Schurken vorgezogen wird; und eigentlich müßte ein solches Ereignis mit Böllerschüssen und feierlichem Glockengeläute der Welt verkündigt werden.

Aber nichts dergleichen war an dem Tag der Fall, an dem Nicolò vom Großen Rat zum Sekretär der Republik Florenz gewählt wurde, zur größten Enttäuschung der vier andern Bewerber. Die Ratsdiener sammelten für sie weniger Stimmen als für Nicolò, der so der Nachfolger eines gewissen Alessandro Bracceschi wurde.

Die Geschichte, die eine seltsame Dame ist, hat uns diese Namen und das Datum erhalten. Das Ereignis fiel auf den 15. Juni 1498. Sie erinnert sich eben oft an unwahrscheinlich lächerliche Dinge und vergißt andererseits die feierlichsten Begebenheiten.

Machiavelli verschaffte sich so über die Dienertreppe Zugang zu dem politischen Leben seines Landes. Guicciardini hingegen betrat es vierzehn Jahre später über die Ehrentreppe; er wurde ganz plötzlich zum Gesandten am Hof des Königs von Spanien berufen.

Sekretär der Republik Florenz ist ein Titel, der heutzutage einen angenehmen, würdigen und eindrucksvollen Klang für unser Ohr hat. Wir glauben dabei die steinerne Fratze des Marzoccolöwen vor uns zu sehen, glauben das Banner mit der weißen Lilie* über unseren Köpfen rauschen zu hören. Machiavelli tritt mit ernster, beherrschter und feierlicher Miene vor uns hin, mit festem Blick und stolzer Rednergeste, in einer langen Samtrobe.

Und dabei war er doch nur ein kleiner Beamter, der Tag für Tag die schmalen Treppen des Rathauses emporeilte; er hatte einen Korb am Arm, weil er vorher noch schnell auf dem Markt gewesen war, um Geräuchertes und Bohnen einzukaufen; er war schlechter

* Die weiße Lilie war ein Emblem von Florenz

bezahlt als die anderen Ratsschreiber; er saß in einem großen, im Winter eiskalten Zimmer, eine Wärmpfanne zwischen den Füßen, über der er von Zeit zu Zeit die Arme hin und her bewegte, um warm zu werden; er trug »Röllchen«, um sich nicht mit Tinte zu besudeln; er schrieb Adressen und malte, wenn der Brief besonders eilig war, ein *cito, cito, cito* darauf, so wie wir heute einen Expreßstempel darauf drücken würden; und seine ersten Aufgaben beschränkten sich auf das Anfertigen von Kopien, auf das Protokollführen, auf die Reinschrift von Konzepten, auf die Zusammenfassung von Briefen und die Registrierung von Schriftstücken.

Man darf nicht etwa glauben, daß Machiavelli wie ein Graf Tornielli oder eine römische Exzellenz in einem eleganten Botschafterpalais residierte, man muß sich ihn als einen jener kleinen, schlecht gekleideten und unterernährten römischen Beamten zweiten Ranges vorstellen, die sich einige Jahre im Dienst von sieben oder acht Adligen, drei Geheimräten und einer Exzellenz abplagen, bis der Herr Geheimrat eines schönen Tages bemerkt, daß dieser kleine Beamte ihn ganz gut nach außenhin repräsentieren könnte, und ihn mit einem Bericht oder Auftrag betraut: einem Bericht, den der Herr Geheimrat unterschreibt, einem Auftrage, den er zu Ende führt, wenn er weit genug gediehen ist.

Es ist sonnenklar, daß Machiavelli ein pflichtgetreuer Beamter war, der dem Staate keine Zeit stahl. Und es ist ein gutes Zeichen, daß dieser Italiener, dem Italien wirklich am Herzen lag, ein Bürokrat war, daß er den Wert eines Registers zu schätzen wußte, ein Protokoll zu führen verstand und Siegel und Stempel benützte.

Er war in erster Linie dem Rat der Zehn zugeteilt, einer Behörde, die das Kriegswesen unter sich hatte. In der Kanzlei gab es sehr viel zu tun: sie gab Befehle weiter, verschickte Geld, warb Soldaten an, ließ Eilkuriere abgehen, kaufte Salpeterladungen, beorderte Geschütze und Berittene mit Lebensmitteln und Schanzwerkzeugen an die Front; sie stellte Spitzel und Schergen an, gab Verfügungen an die Amtsverweser, Bürgermeister und Stadthauptleute aus; sie fertigte Personenverzeichnisse an, bezahlte Rechnungen, die geprüft, verglichen und in zweifacher Kopie aufbewahrt werden mußten; und all das mit größter Sorgfalt, weil die Florentiner ein geiziges Völkchen waren und außerdem Demokraten, die oft nach mehreren Jahren noch genaue Rechenschaft von dem verlangten, der die öffentlichen Gelder verwaltete; und weh' ihm, wenn er dann nicht gleich die Quittungen zur Hand hatte: der tapfere Giacomini und der schlaue Guicciardini wußten ein Lied davon zu singen.

Ich muß sagen, daß mir Machiavelli gefällt, dieser brave Schreiber und untertänige Diener von zehn Geheimräten. In Italien leisteten die Untertanen ja stets mehr als die Herrschenden.

Und er gefällt mir um so mehr, als sich all jene Literaten vor ihm schämen sollten, die in den Kaffeehäusern herumsitzen und es entrüstet von sich weisen würden, auch nur einen einzigen Tag das Leben zu führen, das Nicolò viele Jahre führte. Sie sind stets bereit, einen Kriegsplan für das Vaterland zu entwerfen, ihm einen uneigennützigen und scharfsinnigen politischen Rat zu geben, eine Rede zu schwingen oder einen Artikel loszulassen; aber sie könnten nicht einmal eine anständige Adresse auf einen Briefumschlag schreiben; sie würden das Geld in der Staatskasse mit dem Geld in ihrer eigenen Tasche verwechseln; sie würden erst um elf Uhr im Büro erscheinen und stolz wie ein Spanier erklären, daß sie gestern abend bei einer vornehmen Dame oder einem Minister aufgehalten worden seien; und weh' dem, der etwas Näheres wissen wollte. Diskretion ist Ehrensache! würden sie dann sagen, oder: Das ist ein Staatsgeheimnis!

In wenigen Jahren erfuhr Nicolòs Leben eine gründliche Wandlung. Im Jahre 1496 war seine Mutter gestorben, 1498 wurde er Beamter, im Jahre 1500 starb sein Vater, 1503 heiratete er und wurde selber Vater. Der alte Stammbaum der Machiavelli starb aus; aber das junge Reis hatte schon in einem neuen Boden Wurzeln geschlagen, trieb Blüten und trug Früchte. In dieser Zeit beginnt sich auch sein schriftstellerisches Talent zu regen.

Auf Machiavellis Schreibtisch liegen die Aktenfaszikeln und die lateinischen Klassiker, daneben steht ein Körbchen voll Birnen, das ihm Capìtino von Lande mitgebracht hat und das Machiavelli für seine Kinder oder Freundinnen aufhebt; aber bei genauerem Hinsehen würde man dort auch die Fragmente zu den Terzinen entdecken, in denen die Geschichte von Florenz in den letzten zehn Jahren geschildert ist, und den einen oder anderen Entwurf zu einem Dialoge, in dem Mönche, Pfaffen, Bürger, Machthaber und Dummköpfe lächerlich gemacht sind: *Decennale* und die *Maschere*.

Aber seine Unterhaltung ist noch lebendiger als seine Schriften.

Seine Reden, seine Sentenzen, seine Glossen und seine Späße sind die Seele der Kanzlei. Florentiner, Fremde und die Bewohner jenseits der Alpen werden schonungslos von ihm unter die Lupe genommen. Aufgepaßt, die große Tierschau beginnt! – sagt Blasius, wenn er sieht, daß er etwas sagen will. Für Machiavelli ist die Menschheit, besonders dann, da er sie näher kennenlernt, nichts anderes als eine große Sammlung von allen möglichen Tieren, die in den Ställen der Circe hausen. Da gibt es Löwen, Bären, Wölfe, Büffel und Ochsen; da gibt es ferner Hirsche, Panther, Leoparden und Elefanten; da gibt es schließlich Tierkreuzungen aller Art, die etwas vom Kaninchen und etwas vom Hammel an sich haben; und selbstverständlich fehlen in dieser Sammlung auch nicht die Schweine mit den schmutz- und kotbespritzten Rüsseln. Es sind lauter Leute, die er einmal kannte, Nachbarn und Vorgesetzte. Es sind die Würdenträger jener Zeit: demokratische Schwätzer, verknöcherte Konservative, das Christentum auf der Zunge tragende Volksparteiler, lasterhafte kleine Tyrannen, die weder recht zum Guten noch recht zum Bösen fähig sind, die stets in lauter Halbheiten und Vorurteilen stecken bleiben.

Ein anderer Geist weht durch die Kanzlei, sobald Machiavelli da ist. Ein geistreicher Florentiner streckt die Fühler aus, um sich zu vergewissern, was es Neues gibt in der Welt; und ohne Verordnungen und Statuten findet sich im Nu eine kleine Zunft zusammen, um das Leben zu genießen, um über den Nächsten herzuziehen, um allerlei Streiche auszuhecken, um die öffentlichen Häuser aufzusuchen. Es ist der Florentiner Leichtsinn, der zwischen den ernsten Pflichten und der Verachtung für den andern unaufhaltsam ans Licht drängt und übersprudeln muß. Es ist das Ventil, das der Beamte nötig hat, der zu viel ungewöhnliche und wunderliche Dinge sieht, der sich ein freies und persönliches Urteil bildet und seinen Launen einmal die Zügel schießen läßt. Ohne ein Blatt vor den Mund zu nehmen, unterhalten sich diese Freunde über den Papst und über das Jubeljahr, verspotten die Leichtgläubigen, machen ihre Glossen über die hübschen Frauen im allgemeinen und über die Schöne im besonderen, die jeden Abend wie ein Falke von ihrem Fenster nach Nicolò Ausschau hält, erzählen sich Zoten, wünschen sich mit kräftigen Schimpfwörtern die häßlichsten Krankheiten, spielen Puff, tauschen Neuigkeiten über den Kaiser und über den Sultan aus und machen sich über ihre Frauen lustig, die ewig schwanger sind und für einen Mantel oder ein Halsgeschmeide tausend Torheiten begehen, sei's, daß ihre Männer nicht zu Hause sind, sei's, daß es sie nach irgendeinem Gegenstand gelüstet. Bei derben Späßen und bei fröhlichem Geplauder vergessen sie so ihre Sorgen und schärfen ihren Geist für das Verständnis dieser Welt. Ohne diesen Machiavelli im Schalksnarrenkleid, der heute seiner Zunge freien Lauf läßt und morgen ein wenig angetrunken ist, wäre jener Machiavelli in der Samtrobe undenkbar, der kühl und ruhig liest, studiert und seinen Geist durch ständige Vergleiche zwischen der Politik des Altertums und der zeitgenössischen Politik schult. Die kecke und ausgelassene Art dieser Spaßvögel, denen es Freude macht, genau das Gegenteil von dem zu tun, was die Pfaffen predigen, war ein ausgezeichnetes Gegengewicht für Machiavellis überlegenen Geist, der auch die entferntesten Ereignisse miteinander in Einklang bringen wollte und die großen Zusammenhänge und die Gesetze der Politik zu begreifen versuchte. Gesetze, die genauso ewig sind wie die der Gestirne, die Galilei später entdecken sollte.

In diesem Kreise pflegte Nicolò seine Reiseabenteuer zu erzählen und seine spöttischen Bemerkungen und politischen Sentenzen an den Mann zu bringen, die aus den Pforten des Rathauses unters Volks drangen und schließlich die Runde durch die ganze Stadt machten.

So befand er sich zum Beispiel einmal im Gefolge Julius' II. und machte im Namen der Republik die Wiedereroberung des Kirchenstaates mit. »Ein Teufelskerl, dieser Papst Julius II. - ihm glückte einfach alles! Er rückt ins Feld, um Perugia zu erobern, das sich damals in der Hand Gian Paolo Baglionis befindet. Er ist nicht stark genug, um ihn besiegen zu können. Trotzdem zieht er unbewaffnet mit seinen Kardinälen in die Stadt ein. Und so hat Gian Paolo Baglioni, der genau weiß, daß er ihm die Macht entreißen will, ihn mit allen Würdenträgern und Reichtümern der Kirche in seiner Gewalt.«

Machiavelli ist neugierig, was nun geschehen wird. Er selbst würde nicht lange zögern. »Aber dieser Schafskopf, dieser Hammel, dieser Hornochse spielt den braven, guten und folgsamen Sohn der Kirche; und statt den Papst und all seine Kardinäle zu enthaupten und sich mit einem Schlage zum Herrn der Lage und für alle Zeiten berühmt zu machen, läßt er sich wie ein Franziskaner einseifen und räumt einem Statthalter des Papstes das Feld.«

Das konnte Machiavelli nicht begreifen. »Ja, wenn jener Gian Paolo wenigstens noch ein Heiliger gewesen wäre!«

Bei dem Mönche Savonarola, der ein geborener Mucker war, fand Machiavelli eine solche Dummheit noch entschuldbar. Aber Gian Paolo war bekanntlich selbst ein großer Sünder vor dem Herrn: ein Dieb, ein Mörder und ein Blutschänder. Er hatte so manchen Meuchelmord auf dem Gewissen, hatte so manchen Diebstahl begangen und außerhalb seines Hauses Schande in so mancher Familie gesät. Und da kriecht er ausgerechnet an dem Tag zu Kreuze, an dem sich ihm eine Gelegenheit bietet, seinen Namen durch eine denkwürdige Tat für Jahrhunderte berühmt zu machen, und entzieht sich seinem Schicksal, das ihn groß machen wollte.

Der Valentiner - nein, der Valentiner hätte das nicht getan! Solche Redensarten, die nicht nach dem Geschmack der meisten Florentiner waren, mußten Machiavelli viele Feindschaften eintragen. Aber seine Spottsucht war stärker als seine Vorsicht. Er fühlte, daß er anders geartet war als seine Mitbürger, und malte sich mitunter zu seinem Vergnügen eine Gesellschaft aus, in der man stets genau das Gegenteil von dem tue, was die sogenannten wohlanständigen Leute tun und was die Demokraten in seiner Vaterstadt taten. Er stellte einige Regeln darüber auf, die ich zur Erbauung meiner Leser mitteilen will, die einzelnen Paragraphen ganz kurz durch die eine oder andere Überschrift ergänzend:

Verschwiegenheit: Ein jeder, ob Mann oder Weib, der nicht im Laufe eines Tages die Dinge ausplaudert, die in der genannten Gesellschaft an der Tagesordnung sind, soll folgendermaßen bestraft werden: Ist es eine Frau, so sind ihre Pantoffeln an einem Orte anzunageln, wo jeder sie sehen kann, und darunter ein Zettel, auf dem ihr Name steht; ist es ein Mann, so sollen seine Strümpfe umgekehrt an einem erhöhten Platze aufgehängt werden, so daß sie jedem auffallen.
Bescheidenheit: Wenn ein Mann oder eine Frau sich für besonders schön halten, und wenn zwei Zeugen dafür vorhanden sind, so soll die Frau ihren Rock vier Finger breit über das Knie emporstreifen;

ist es ein Mann, so soll er der Gesellschaft Rede stehn, ob er ein Schnupftuch im Hosenlatz hat oder etwas Ähnliches.
Geheimnistuerei: Wenn ein Mann oder eine Frau aus der genannten Gesellschaft irgend etwas erzählen wollen und die anderen sie nicht ausreden lassen, so sollen sie zu der Strafe verurteilt werden, die der Betreffende beziehungsweise die Betreffende, die davon zu erzählen anfing, für richtig hält.
Demokratie: Gültigkeit sollen in der genannten Gesellschaft all die Dinge haben, für die der kleinere Teil der Mitglieder eintritt; und die Entscheidung soll stets der Stimmenminderheit zustehn.
Klatsch: Nie und nimmer soll und darf man den Mund in der genannten Gesellschaft halten; je mehr einer schwätzt, um so mehr Lob verdient er; und wer zuerst zu schwätzen aufhört, soll von den andern Mitgliedern der Gesellschaft so lange bedrängt werden, bis er Aufschluß gibt, warum er plötzlich aufgehört hat.
Zuverlässigkeit: Keiner in der Gesellschaft soll und darf dem anderen einen Gefallen erweisen; und wenn ihn dennoch irgend jemand um einen Dienst bittet, soll er stets genau das Gegenteil davon tun.

Aber neben solchen Schnurren, die bei Leuten, die sich durch die Zeitverhältnisse genötigt sahen, in Chiffren und Hieroglyphen zu schreiben, vielleicht auch eine satirische Bedeutung hatten, schulte Machiavelli seine Feder auch in kleinen Arbeiten von größerer Wichtigkeit. Seine Berichte, seine Briefe, die Weisungen, die er dorthin sandte, wohin man ihn persönlich einlud, verliehen ihm eine gewisse Achtung in den Augen seiner Vorgesetzten; und so fragte man ihn auch in den wichtigsten Dingen nach seiner Meinung, so zum Beispiel über die Fehde gegen Pisa, oder wie man sich gegen die aufständische Bevölkerung im Chianatale verhalten sollte.

Florenz stand ständig im Kampfe mit den Nachbarstädten, die es mit Gewalt unterworfen hatte oder unterwerfen wollte, um sich einen Zugang zum Meer oder eine Durchgangsstraße für den Handel auf dem Lande – der Lebensquelle dieser Handelsrepublik – zu sichern. Die Vorstellung, die unterjochten Städte wie seinesgleichen zu behandeln und dem eigenen Schicksal zu verknüpfen, fand keinen Anklang in der damaligen Zeit; sie war selbst für die freiheitlich Gesinnten etwas Fremdes; und sogar Bruder Gerolamo, der große Reden für die Freiheit des florentinischen Volkes schwang, trat für die Unterwerfung der Pisaner ein. Jede Zeit hat ihre politische Reife, und es wäre töricht, die damaligen Bürger zu tadeln, weil sie nicht wie die heutigen Bürger waren. So überlegte sich zum Beispiel Machiavelli, wie Florenz wohl am besten die Herrschaft über Pisa und Valdarno erlangen könnte. Seine Berichte zeugen von jener Tatkraft, Klarheit und raschen, unverblümten Entschlossenheit, die die schönsten Eigenschaften seiner Denk- und Ausdrucksweise sind. Seine Ratschläge sind kurz und bündig: es sind Rezepte, die das Übel bei der Wurzel packen. Aber wer ein Gefühl für Machiavellis Geist besitzt, kann leicht die Erläuterungen hinzu ergänzen, mit denen er sie vermutlich in Gedanken und Worten ausschmückte, wenn er sie den Räten der Republik einschärfte, die sich niemals entschließen konnten, den Dingen klar ins Auge zu sehen. Seine Grundsätze sind knapp und einfach; seine Vernunft wählt von zwei Übeln stets das kleinere und scheidet jedes andere aus; sein Entschluß kennt keinen Vorbehalt.

»Kann man Pisa im guten unterwerfen? Nein. Man muß es mit Gewalt unterjochen. Also wie?« Man muß zu diesem Zwecke das und das tun.

»Wie kann man die Bevölkerung im Chianatale weiter an sich fesseln? Durch Wohltaten oder durch Furcht. Man muß die Leute aussuchen, die zuverlässig erscheinen, und ihnen schön tun; die anderen muß man rücksichtslos vernichten. Jeder Mittelweg wäre eine Schwäche, ein Fehler, ja geradezu ein Verbrechen.«

Diese gesunden Prinzipien mußten die meisten Gemeinderäte befremden, und nur ein kleiner Teil von ihnen ließ Machiavelli gewähren, sah ihm aber scharf auf die Finger; man hielt seine Ideen für gut, aber übertrieben, und ihn selbst für einen tüchtigen, aber verschrobenen Menschen, dessen Vorschläge mit Vorsicht zu genießen seien.

So geht es leider häufig in der Geschichte der Völker: taucht einmal ein Weiser auf, so schelten ihn die andern einen Narren und halten sich selbst für weise, weil sie mittelmäßig sind. Sie stehlen dem Weisen einen Gedanken und halbieren ihn für ihre Zwecke; und nun dünkt er sie brauchbar. Führt er aber nicht zu einem gute Ende, so geben sie dem Weisen die Schuld, der eine erhabene und lebendige Vorstellung von ihm hatte, und behaupten, es sei der Einfall eines Narren, der unmöglich ein gutes Ende nehmen konnte.

Von kleinen Machiavellis wimmelte es damals in Florenz. Sie wünschten das gleiche wie Machiavelli, besaßen aber nicht den Mut, den Dingen auf den Grund zu gehen, und verkleinerten seine Pläne jeweils um die Hälfte.

Machiavelli wiegte sich teils in falschen Illusionen, teils machte er seinem Ärger in lauten Flüchen Luft; aber er fand seine gute Laune immer bald wieder, in der Gesellschaft lustiger Kumpane und lockerer Weiber, die wenigstens keine Mittelwege gingen und genau wußten, was sie wollten. Die Schurken waren Machiavelli lieber als die Dummköpfe, der Valentiner lieber als Pier Soderini.

Besonders in der Kanzlei fand Machiavelli viel Gehör, und sein Mitarbeiter Blasius Bonnacorsi sang sein Lob in ganz Florenz. Auch er war ein Schreiberlein im Dienste der Signori, hatte seinen Kollegen ins Herz geschlossen, hegte tiefe Bewunderung für ihn und versuchte ihn in seiner spöttischen Art nachzuahmen, in seinen abfälligen Urteilen, in jenen gepfefferten Histörchen, die er in der derben Mundart des Florentiner Volkes erzählte.

Blasius Bonnacorsi gehörte zu jenen Leuten, die auch heutzutage, besonders unter den Beamten, häufig anzutreffen sind, die geistreiche Persönlichkeiten schätzen und oft mehr Blick für ihren wahren Wert haben als die sogenannten Kapazitäten. Bringt sie der Zufall mit einer solchen Persönlichkeit zusammen, so hängen sie ihr mit der Treue eines Hundes an, der nicht mehr von seinem Herrn erwartet, als daß er sich mit ihm abgibt, sei's auch nur, um einen Dienst von ihm zu verlangen oder ihm einen Fußtritt zu geben. Bei aller Mittelmäßigkeit scheint das Licht, das von der verehrten Persönlichkeit auf sie ausstrahlt, sie doch mit einer Glorie zu umgeben.

Blasius Bonnacorsi war ein Schreiber, der mitunter ziemlich ungenaue Abschriften und Auszüge aus den Briefen und Reden der Signori anfertigte. Machiavelli wies ihm hin und wieder einen Fehler nach und schrieb dann halb ernst, halb scherzend, an den Rand seiner Arbeiten: *»Blasius mentiris«* – Blasius, du lügst. Mit unerschütterlicher Ruhe und Geduld nahm Blasius die Vorwürfe und die gereizte Laune seines Nicolò hin; und wenn dieser unterwegs war, zitierte er eifrig Stellen aus seinen Briefen, verteidigte seine Interessen und verkündete begeistert seinen Ruhm; und er war schon zufrieden, wenn ihm Nicolò ein paar Zeilen schrieb, sei's auch nur, um ihm mitzuteilen, daß er einen warmen Mantel brauchte oder daß man Marietta etwas ausrichten sollte.

Als Nicolò einmal verreist war, ließ einer seiner Gegner – wie damals üblich – durch einen Rechtsanwalt eine anonyme Anklage gegen ihn erheben, die uns unbekannt geblieben ist: eine dunkle und schimpfliche Anklage, die seinen ehrlichen Namen in Frage zog, oder vielmehr die Herkunft seines Vaters. Daraufhin benachrichtigt der gute Blasius Nicolò sofort in aller Heimlichkeit, empfiehlt ihn seinen Freunden, sucht nach einem Hintertürchen im Gesetzbuch, rennt den Advokaten, Politikern und tonangebenden Persönlichkeiten in der Stadt das Haus ein und geht ihnen - noch geschickter als Nicolò - so lange um den Bart, bis er Amt und Ehre seines Freundes gerettet hat.

Blasius war nicht besonders klug oder gebildet, er war ein Angsthase, ein armer Teufel, und hatte weder gute Beziehungen noch einflußreiche Verwandte. Er war ein armer Schreiber, ein »Stiefkind« der Kanzlei, wie er sich selbst zu nennen pflegte, aber er hatte mehr Herz als so mancher seiner berühmten Zeitgenossen. Die weise und unerforschliche Vorsehung führte ihn mit dem großen Nicolò zusammen, der so wenig in seinem Jahrhundert galt, damit er ihn durch seine demütige, uneigennützige und treue Freundschaft trösten sollte. Er war sein Mitarbeiter, er fiel mit Nicolò in Ungnade, er hatte die Ehre, auch in dem Dekret zu stehn, durch das Nicolò Machiavelli im Jahre 1512, nach dem Sturz der Volksregierung und Pier Soderinis, seines Amtes und seines Gehalts verlustig erklärt und aus den Mauern der Stadt und des Signoriapalastes auf sein Landgut in San Casciano verbannt wurde. Die lateinische Urkunde, durch die Nicolò Machiavelli Nachricht von seinem Mißgeschick erhielt, erwähnt neben seinem Namen auch den von Blasius Bonnacorsi. Und so werden wir ihn nie vergessen.

Er hinterließ eine Chronik der Ereignisse in Florenz vom Jahre 1492 bis zum Jahre 1512, die sich zu Machiavellis Geschichtsbildern etwa so verhält wie das Bologneser Gebirge zu den Alpen: man kann sie an ganz klaren Tagen von seinen Gipfeln aus erblicken, in weiter Ferne, von ewigem Schnee gekrönt. Es gibt Leute, die diese Chronik für ein Werk Machiavellis halten; möge Gott ihnen ihren Irrtum verzeihen! Aber man braucht kein großer Geschichtsschreiber zu sein, um in der Geschichte fortzuleben; man muß sich nur über seine Fähigkeiten klar sein, muß ein Gefühl für die Überlegenheit des Größeren besitzen, muß sich damit begnügen, ihm zu dienen, und sich freuen in dem Bewußtsein, daß man seine Bestimmung auf Erden durch bescheidene Taten und nützliche Dienste für den erfüllt, der an Geist weit über einen erhaben ist.

Wo bist du, braver Blasius, du gute alte Seele, die es mit Machiavelli an Spottsucht und Zungenfertigkeit aufnehmen wollte, die treu mit ihm zusammenhielt, sei's in der Schreibstube, sei's bei Streichen und Narrenpossen aller Art, die wie er galante Abenteuer und Staatsgeheimnisse geschickt zu verquicken verstand?

Könnt' ich dich doch an meine Brust drücken, wackerer Blasius Bonnacorsi! Aber noch ist dein Geschlecht nicht ausgestorben; ich kenne auch heutzutage noch mehr Leute wie dich, die in der Geschichte fortleben werden um ihrer Treue willen – der unterwürfigen und tiefer Bewunderung fähigen Treue eines Hundes.

Wenn Nicolò über Land reiten muß, liegt sein Reiseproviant morgens schon bereit. Marietta will nicht, daß er unterwegs einkehrt und die paar Pfennige unnütz ausgibt, die er vom Staat bekommt. Sie ist schon in aller Frühe aufgestanden und hat ihm vier hartgekochte Eier zurechtgemacht, zwei belegte Brote, ein Scheibchen Ziegenkäse und eine Feldflasche voll gutem Cascianerwein. Die Feldflasche besteht aus einem ausgehöhlten Kürbis, seine Schale ist bunt gestreift wie das Fell eines Zebras, und der Wein gluckst fröhlich in ihm, einen frischen Labetrunk zur heißen Mittagszeit verheißend.

Wer schon einmal zu Fuß die Feldwege des toskanischen Hügellandes auf und ab gewandert ist, kann sich ungefähr ein Bild von den Landstraßen in Machiavellis Zeit machen.

Wenn du aber kein Freund dieser Feldwege bist, lieber Leser, hast du nichts mit mir gemein, kannst du mir nicht gefallen; und wenn dir bei diesem Wort nicht weite Fluren einfallen, die kein Graben von dir trennt, fröhliche Streifzüge in den Weinbergen, Trauben, die du im Vorübergehen plünderst, Blumen, die du pflückst und zu einem Strauße bindest, ein Lorbeerzweig, den du dir an den Hut steckst, eine erquickende Rast im Schatten einer Pappel, ein paar kurze Worte, die du mit einem Wanderer wechselst, so bist du – gelinde gesagt – ein armer Tropf, ein Pflastertreter. Und in diesem Fall hör' lieber auf zu lesen.

In Florenz heißt es frühzeitig aufbrechen, weil der Sommer sehr heiß ist, und das Land ringsum fast durchwegs bergig. Im Süden und Norden geht es steil nach San Gaggio und Trespiano empor, und man hat die Steigung besser schon hinter sich, wenn die Mittagssonne auf die Felsen herabglüht.

Ist das Wetter schön und hat es noch dazu am Tag vorher geregnet, so heben sich die Hügel morgens klar vom Himmel ab, mit ihren fast geradlinigen Kämmen, mit ihren Pinien-, Zypressen- und

Eichenwäldchen und ihren Dörfern und Burgen. Die Straßen sind nicht eintönig. Sie schlängeln sich bergauf, bergab und erschließen immer wieder neue Ausblicke. Bald führen sie über einen Flußlauf, der meistens ausgetrocknet ist, bald durch eine gebirgige Schlucht mit Kreide- und Sandsteinfelsen zu beiden Seiten, bald zu einem von einer Mauer eingefriedeten Hain vorbei, dann wieder an einem rings von Weißdornhecken umgebenen Feld entlang, oder durch irgendeine Ortschaft. Man wandert abwechselnd durch den Schatten und die Sonne, begleitet vom Wind, dem kühlen Hauch der Wälder, dem würzigen Heuduft der gemähten Wiesen. Selten ist die Luft ganz still, und selbst an den schwülsten Tagen weht dem Wanderer, wenn er auf eine Paßhöhe zwischen zwei Tälern gelangt, ein frisches Lüftchen entgegen, das ihn für den beschwerlichen Weg entschädigt.

Unterwegs begegnet man Bauern, die sich mit der Hacke und der Schaufel auf der Schulter nach einem hoch über ihren Häusern gelegenen Brachfeld oder Acker begeben, die das Vieh zum Markt treiben, oder die an Feiertagen hinter einer Fahne zu einer Bergkapelle pilgern, zusammen mit dem Gebete leiernden Pfarrer im Ornat und den Psalmen singenden Frauen und Kindern. Am Wege stehen nicht Meilensteine, die an die Kriegs- und Beutezüge der Römer gemahnen, sondern Heiligenbilder mit breiten Schutzdächern, unter denen Wagen und Pferde bei einem Gewitter Zuflucht suchen und die wie geschaffen sind für ein kleines Plauderstündchen; ferner Wirtshäuser mit großen Holzschildern, auf denen durch die Zahl der Kreidekringel angedeutet ist, wieviel Heller ein Liter Wein kostet. Da begegnet man ferner Köhlern, die nach der Stadt wollen und mit ihren schwerbeladenen Packeseln den Weg versperren, oder Hirten, die mit grünen und blauen Schirmen hinter ihren Herden herwandern. Und gelangt man schließlich auf die Höhe, so sieht man tief im Tal die Ebene liegen, im bunten Schmuck der Rapskulturen, der Klee- und Kornfelder, der frischgepflügten Äcker, mit den dunklen Gevierten und Dreiecken der Pinien- und Zypressenhaine, mit all den Straßen und Lichtungen, die sich durch das dichte Gehölz ziehen.

In der Nähe der Burgen, die die Republik Florenz größtenteils in Schutt und Asche legte, drängen sich schutzsuchend die Häuser zusammen. Buben und Mädel stehen stumm vor ihren Türen, wenn ein Fremder hoch zu Pferd oder in der Postkutsche vorbeikommt, schlagen dann plötzlich einen Purzelbaum und wälzen sich im Straßenschmutz herum, barfuß und zerlumpt, sich gegenseitig in ihrer drolligen Mundart grobe Schimpfworte an den Kopf werfend.

Dabei sind die Toskaner im Grunde das kultivierteste Volk der Welt; ihre Kultur ist freilich so tief in ihren Gebräuchen und Anschauungen verwurzelt, daß sie einem erst bei näherem Umgang oder bei der Unterhaltung aufgeht. Man muß sie in einem Scherzwort, einem Wahlspruch, einem Kehrreim, einer Antwort, einem Spitznamen oder einer Bemerkung suchen. Und dann wird man in diesem Körnchen Mutterwitz eine durch jahrhundertjährige Erfahrung geläuterte Weisheit entdecken. Der toskanische Bauer besitzt mit wenigen Ausnahmen einen ungewöhnlich hohen Grad von Bildung und Tiefe, so daß die Unterhaltung mit ihm niemals ermüdet oder langweilt, wie dies bei manchen Völkern der Fall ist, die zwar eine alte Kultur besitzen, aber schwerfällig sind, die wohl gut zu leben verstehen, es aber an Schliff und Feingefühl fehlen lassen.

Nicolò dachte beim Aufbruch und unterwegs nicht an diese Fülle schöner Dinge. Er war ganz von dem Gedanken an die berühmte Persönlichkeit erfüllt, die er kennenlernen sollte, und legte sich im Geist schon zurecht, zu welchen Redewendungen er Zuflucht nehmen könnte, wenn er auf Widerstand stoßen oder es für ratsam halten sollte, das Gespräch in die Länge zu ziehen. Hatte er die üblichen Höflichkeitsfloskeln erschöpft, so trumpfte er mit lateinischen und italienischen Phrasen auf. Er pflegte seine Fragen ohne Umschweife zu stellen und richtete sich höchstens insofern nach den Gebräuchen seiner Zeit, als er das Thema meistens mit einem allgemeinen und sententiösen Ausspruch anschnitt. Seine Redeweise war durchaus sachlich, zielbewußt und ungeschminkt.

Himmel und Erde waren ihm gleichgültig, und noch viel mehr die Zwischenfälle auf der Reise. Im übrigen hatte er es stets sehr eilig. Die Umständlichkeit und Unentschlossenheit der Volksregierung hatte meist der arme Staatsdiener zu büßen, der oft ganz plötzlich abreisen mußte, mit leerer Tasche und mit einem Weg von mehreren tausend Meilen vor sich. Die Ratsmitglieder redeten immer erst lange hin und her, bevor sie sich zu einem Entschluß aufrafften;

sie ließen sich viel Zeit, aber hinterher tat immer größte Eile not. Dann ließ man Nicolò kommen, und er mußte *quam celerrime* irgendwohin reisen, bei gutem oder schlechtem Wetter, über die Apenninen oder über die Alpen –

Auch in anderer Hinsicht waren seine demokratischen Auftraggeber fast alle gleich: sie hielten ihn als echte Demokraten stets so knapp als möglich, so daß er sich für jede Reise erst das Geld mühsam zusammenbetteln und seine Freunde und Gönner auch unterwegs um neuen Reisezuschuß bitten mußte. Und die recht großzügige Behörde gab ihm das Geld sogar meist erst nach einem Jahr zurück.

Sein unruhiger Geist und der Wunsch, neue Leute kennenzulernen und die politischen Triebkräfte seiner Zeit aus nächster Nähe zu sehen, waren der Grund, weshalb Nicolò bereitwilliger als die anderen Schreiber und Sekretäre der Kanzlei Aufträge im Ausland übernahm. Zum größten Leidwesen Mariettas, die jedes Mal vor seiner Abreise der Mutter Gottes einen Wachsstock weihte, die ihn schon in den Händen von Landsknechten, Räubern, Parteigegnern oder gar in der Gewalt der Ungläubigen sah, oder auch schwerkrank, weil er nicht rechtzeitig ein warmes Unterjäckchen angezogen hatte, und die ihn schließlich immer erst abreisen ließ, wenn sie ihm heimlich ein Skapulier in den Ärmelaufschlag eingenäht hatte.

Aber obwohl Nicolò zart und schmächtig war, besaß er doch eine robuste Gesundheit und jene Zähigkeit, die allen Leuten mit einem starken Geiste eigen ist. Verwundert sehen die andern deren Taten mit an und begreifen nicht, dank welchem Glück, dank welcher Kraft sie oft die stärksten Gegner überwinden können. Nicolò überschritt das Gebirge, stieg in die Täler hinab, zog bei Wind und Wetter die Landstraßen fürbaß, schwang sich aus einer Postkutsche in die andere, und von einem Pferd auf das andere, trat nötigenfalls im Reiterwams, so wie er war, vor die Fürsten hin und begann ohne weiteres seine Verhandlungen und Besprechungen, ohne sich lange die Hände zu waschen. Mitunter klagte er wohl, er sei vom Fieber ganz zermürbt oder sein altes Blasenleiden mache ihm zu schaffen. Aber das waren kleine Übel im Vergleich zu den gewaltigen Strapazen, die er ertragen mußte.

Himmel und Erde und ihre Unbilden interessierten ihn nicht, doch desto mehr die Menschen und ihr Zusammenleben. So betrachtete er aufmerksam in jedem Land, durch das er reiste, die Gesetze des bürgerlichen Lebens, die Methoden der Kriegsführung, die Abkommen und Bündnisse zwischen den einzelnen Staaten, die Zusammensetzung der Regierung. Er machte sich sofort Notizen oder prägte sich so ein, wie die Gesetze und Verfassungen der einzelnen Länder beschaffen seien, wieviel Bewaffnete er dort gesehen und was für politische Zwischenfälle er dort erlebt habe, und wie die eine oder andere Feste am besten zu verteidigen oder zu erobern sei. Er schrieb Briefe und Berichte und hob Abschriften davon auf; er schickte Nachrichten an seine Kanzlei und benützte oft eine Geheimschrift, um Andeutungen über wichtige Persönlichkeiten und Ereignisse zu machen; oder er versteckte seine Briefe im Wams oder im Brot eines Boten. Er stand auf gutem Fuß mit Baccino, Ardingo, Zerino, Filippo und Mancino und mit den andern Stafettenreitern und Kurieren der Republik Florenz, die die Apenninen herauf und herunter geritten kamen; und konnte er ihre Hilfe nicht benützen, so vertraute er sich den Kaufleuten aus Florenz an, die damals in der ganzen Welt umherreisten, um auf den fernsten Märkten ihre Tuchwaren zu verkaufen und dafür Spezereien einzuhandeln.

Damals gab es noch keine Zeitungen; aber als Ersatz dafür konnten all die Leute dienen, die auf den Plätzen, auf den Straßen und in den Volksversammlungen Gerüchte und Skandalgeschichten ausstreuten, die dann mit großer Geschwindigkeit auf mündlichem Wege vom einen Ende Italiens zum andern und durch die ganze christliche Welt eilten. Kaufleute, Klosterbrüder und Abenteurer verbreiteten diese Gerüchte und Skandalgeschichten weiter, trugen Furcht und Hoffnung unters Volks, wenn sie in eine Stadt kamen, und zettelten mitunter Unruhen und Aufstände an.

Nicolò erfreute sich dank seines gewandten Briefstils großer Beliebtheit bei seinen Vorgesetzten und Freunden; seine spitzen und ironischen Bemerkungen ließen seine Mitbürger aufhorchen. Man wußte, daß er ein scharfes Gehör besaß und keinem Menschen traute. Wenn seine Berichte in der Kanzlei eintrafen, wurden sie sofort in einem kleinen Kreise vorgelesen, unter zahlreichen Zwischenrufen, lautem Gelächter und endlosen Diskussionen.

So ritt Nicolò Machiavelli durch das Land. Er überquerte Gebirge, trabte Täler entlang, passierte Grenzen. Die Ratsherren hielten ihn sehr knapp. Mit leeren Taschen kam er an, mit Schulden reiste er wieder ab. Die Ratsherren schickten ihn immer dorthin, wo es eine Scharte auszuwetzen galt. Als ein Besiegter kam er an, als Sieger zog er wieder ab. Er war ein gefügiges Werkzeug, das ihnen als Kundschafter, Unterhändler, Gesandter, Prokurator, Büttel und Sachverständiger diente. Aber ob er Erfolg hatte oder nicht, er wurde nie befördert, bekam nie eine Gehaltszulage.

Arm, unterwürfig und geduldig, wie er war, kehrte er nach all den Strapazen gerne wieder in seine Stellung zurück, reiste aber genau so gerne auch wieder ab, um neue Länder und neue politische Kräfte kennen zu lernen.

Er war ein treuer Diener seines Vaterlandes und ordnete sich Leuten unter, die ihm nicht das Wasser reichen konnten. Aber obwohl er dies wußte, beklagte er sich nicht, weil er der Ansicht war, daß er ja nicht ihnen gehorchte, sondern der Florentiner Lilie und dem Marzocco. Er war kalt und verschlossen. Aber wenn er auf einem seiner Ritte auf den San Donato- oder Uccellatoio-Paß gelangte, wenn er den Arno wie ein blankes Schwert im Tale unten blitzen und den Ratshausturm wie eine Fahnenstange in den Himmel ragen sah, übermannte ihn die Rührung, ein tiefes Gefühl von Zuneigung für diese geliebte und gehaßte Stadt.

Er wurde mit dreiundzwanzig Gesandtschaften im Ausland und mit zahlreichen Aufträgen im Gebiet der Republik betraut. Er war viermal bei dem König von Frankreich, dem geizigen und mißtrauischen Beschützer und Bundesgenossen der Florentiner; zweimal bei dem Kaiser Maximilian, einem politischen Stümper, der mit der einen Hand ein Reich zerstörte und mit der anderen nach einem Dukaten haschte; zweimal beim Vatikan, wo ihn nichts überraschte, da er bereits aus der Lektüre Suetons wußte, daß manche römischen Kaiser noch schlimmer waren als die späteren Päpste; dreimal in Siena, bei dem heimtückischen Tyrannen Pandolfo Petrucci; dreimal in Piombino; einmal bei dem Rate von Forli, wo er Katherina Sforza kennenlernte, die schon zum drittenmal verheiratet war und die einmal einem Trupp von Aufrührern, der sie in einer Festung eingeschlossen hatte und ihre Söhne vor ihren Augen zu ermorden drohte, mit entschiedener Geste von der Burgmauer herab zu verstehen gab, daß sie ja in der Lage sei, neue Kinder zu gebären. Er war ferner bei Giovan Paolo Baglioni, dem Herrn von Perugia, einem Bösewicht und Dummkopf, der den Papst und die Kardinäle, die ihm die Macht entreißen wollten, in seiner Gewalt hatte, sie aber entwischen ließ, statt sich und die Welt von ihnen zu befreien; er zog ein paarmal gegen Pisa ins Feld und lernte dabei die Minderwertigkeit der Söldnertruppen kennen, die wegen angeblich rückständiger Löhnung den Florentiner Volksbeauftragten Luca degli Albizi gefangen nahmen; er war auch zweimal in Pisa selbst, und zwar nach dessen Eroberung, um zu verhindern, daß die Kardinäle ein Konzil gegen den Papst einberiefen, und um dort eine Zwingburg zu errichten; und er war auch sonst noch da und dort, in Mugello und Casentino, um Söldner anzuwerben. Er kannte auch die einzelnen Völker: die geizigen Franzosen, die unabhängigen Schweizer, die rauhen und genügsamen Deutschen.

Nur nach Süditalien kam er niemals, Neapel und Sizilien waren ihm fremder als Frankreich und Deutschland. Auch fuhr er niemals übers Meer. Und in Venedig war er erst viel später. Von Süditalien wußte er genau so wenig wie Dante. Es war ein fernes, fremdes und unverständliches Land, um das die übrigen Italiener sich nicht kümmerten.

Er hatte mit allen möglichen Leuten zu tun, mit Abenteurern, Ministern, Gesandten, Prälaten, Landsknechtsführern und Schiffshauptleuten, mit Geistlichen und Laien, mit Klosterbrüdern, Truppenführern, Bauern und Kaufleuten, mit Stafettenreitern, Gelehrten, Schöngeistern, Edelfrauen, Dirnen und Künstlern.

Aber unter all den Bekanntschaften, die er machte, legte er am meisten Wert auf die mit Cesare Borgia, dem Herzog von Valences, im Volksmund der Valentiner genannt.

Cesare Borgia und Nicolò Machiavelli! Wer weiß, welch ein gewaltiger Funke aus diesen beiden Polen politischer Hochspannung hätte entspringen können? Der machiavellistischste aller Herrscher und der Begründer des Machiavellismus begegneten sich im Jahre 1502 in Imo. Aber es kam zu keiner Entladung. Sie blieben mehr als drei Monate miteinander in Fühlung. Aber kein Unwetter ballte sich am Horizont zusammen. Kein Wirbelsturm fegte zerstörend über Italien hinweg. Kein Wölkchen trübte das tiefe Blau des italienischen Himmels. Die Macht der Einbildung umpanzerte Cesare und Nicolò mit einer undurchdringlichen Isolierschicht. Cesare sah in Nicolò nur den Abgesandten der Republik Florenz, Nicolò in ihm nur den geborenen Fürsten. Der eine wurde durch seine rein politische Einstellung irregeführt, der andere durch seine rein phantastische. Cesare Borgia erblickte in Nicolò Machiavelli nicht den Geschichtsphilosophen, sondern nur den Beamten der Republik Florenz, und Nicolò in ihm nur den zu hohen Zielen berufenen Volksgünstling, um den die Legende eine abenteuerliche Glorie wob, ihn bald in einen Drachen, bald in einen Basilisk und bald gar in den Antichrist verwandelnd.

Cesare, genannt der Valentiner Herzog, war damals von Gottes Gnaden Herzog von Romagna, Valences und Urbino, Fürst von Andria und Venafro, Burgherr von Piombino, Bannerträger und Feldhauptmann der Kirche. Der uneheliche, der zweifach uneheliche Sohn des Papstes Alexander IV. hatte schon als Kardinal kein Hehl aus seiner weltlichen Gesinnung gemacht und die politische Laufbahn eingeschlagen, die ihm noch aussichtsreicher erschien als die geistliche; er hatte seinen Bruder getötet; er hatte das Leben seines Schwagers, der schwer verwundet war, aber nicht sterben wollte, kurzerhand verkürzt; und er war allenthalben wegen seiner allzu innigen Beziehungen zu seiner Schwester Lucrezia bekannt, für die übrigens auch sein Vater, der Papst, eine übertriebene Zuneigung zu bekunden schien.

Diese Musterfamilie erregte tiefen Abscheu in den frommen Kreisen der Florentiner. Der Herzog war ihnen verhaßt, teils weil es unangenehm war, einen so mächtigen, gefährlichen und vorlauten Nachbarn in der Gegend umherschwärmen zu sehen, teils weil er ihrem von Savonarola ererbten Muckertum nicht lag. Deshalb schickten sie, als er nach einem vollwertigen Abgesandten verlangte, Nicolò zu ihm, um ihm nur ja nicht zu viel Ehre angedeihen zu lassen. Aber trotz aller Abneigung stiegen die Florentiner und der Valentiner im gleichen Gasthaus ab: im Gasthaus zur französischen Lilie. Und wer mit unseren Freunden gut befreundet ist, der ist bekanntlich auch mit uns befreundet. Das ist ein alter Grundsatz, der in diesem Augenblick erst recht galt. Ein Heerführer des Valentiners hatte sich gerade gegen ihn empört; dieser war zugleich ein erbitterter Feind der Florentiner, ein Bruder jenes Vitelli, den die Florentiner wegen Verrats im Krieg gegen Pisa hingerichtet hatten. Und da die Feinde unserer Freunde auch unsere Feinde sind, wurde Nicolò abgesandt, um vorsichtig das Terrain zu sondieren und den Herzog der Neutralität und Freundschaft der Republik Florenz zu versichern.

Herzog und Beamter erkannten sich nicht in ihrer wahren Gestalt. Sie wahrten beide ihre Haltung. Der Herzog kehrte den Herzog heraus, und der Beamte blieb Beamter. Sie versuchten sich gegenseitig zu durchschauen und hinters Licht zu führen. Jeder wußte, daß der andere ihn irreführen wollte, trachtete aber danach, dem Quentchen Wahrheit auf die Spur zu kommen, das der andere zwischen seinen Trug mischen mußte, damit man ihn für wahr halten sollte. So legt ja auch der Feigenhändler die schönsten, größten und saftigsten Früchte auf die faulen, kleinen und vertrockneten, damit der Kunde den ganzen Korb kaufen soll; und der Kenner klaubt sich hinterher nur die besten Früchte heraus.

Nicolò sah den Herzog im Lichte der Legende, ließ sich aber nicht dadurch beirren. Das Urteil, das er über den Valentiner fällte, bezog sich nicht auf dessen Privatangelegenheiten.

Genauso wie wir es für kindisch halten, wenn jemand einen Politiker nach seinem Privatleben beurteilt, und es naiveren Gemütern überlassen, seine Seitensprünge oder seine Gewalttaten gegen seine politischen Verdienste aufzuwiegen, genauso kümmerte sich auch Nicolò Machiavelli nicht im mindesten um das große Sündenregister des Valentiners, sondern achtete nur auf das Wesentliche, das heißt auf seine politischen Handlungen.

Machiavelli läßt in den Briefen, die er von Cesares Hof aus schreibt, nicht den leisesten Tadel durchblicken. Er verstand es ausgezeichnet, um eine Persönlichkeit oder um ein politisches Ereignis herum gewissermaßen ein »moralisches Vakuum« zu schaffen. Die Taten wirken sich in seinen Schriften in tiefstem moralischen Schweigen aus, und wir können ihre politischen Wirkungen studieren, ohne daß uns auch nur der geringste Laut dabei stört. Sie haben etwas von einer Billardpartie in einem geschlossenen Zimmer. Die Kugeln rollen hin und her, von einem Rand des Tischs zum andern, prallen zusammen und wieder auseinander, karambolieren oder bleiben schließlich stehn. Jeder Stoß hat einen Zweck, jeder Zusammenprall eine Wirkung, jede Figur einen Sinn. Machiavelli ist der Marqueur, der alle Spieler kennt, der alle Partien genau verfolgt, der alle Punkte aufschreibt, der weiß, wer an die Reihe kommt, und der das Endspiel ansagt. Er bewegt keine Miene und öffnet nur den Mund, um zu verkünden, wer das Spiel gewonnen hat.

Cesare, genannt der Valentiner, – vor etwa zwanzig Jahren* das Ideal der Anhänger d'Annunzios – glaubte nichts und hielt es doch mit der Kirche, war blond, schön und grausam, war ehrgeizig, kühn und vom Glück begünstigt, war stark wie ein Stierkämpfer und in der Liebe unermüdlich wie ein Hahn, war von berühmten Künstlern wie Pinturicchio und Leonardo da Vinci umgeben.

Um sich ganz dem Spiel der Politik widmen zu können, hatte er den Kardinalshut abgelegt. Sein Vater, der Papst, hatte ihn von seinen geistlichen Pflichten entbunden, damit er eine vorteilhaftere Laufbahn einschlagen konnte, genauso wie Lucrezia von ihren ehelichen Pflichten, damit sie eine aussichtsreichere Ehe eingehen konnte. Der eine oder andere tollkühne Handstreich, den der Valentiner wagte – nach dem Grundsatz: *aut Caesar aut nihil* –, sprach ein deutliches Wort von seinen hochfliegenden und aufs Ganze gehenden Plänen.

Der Valentiner war nicht nur ehrgeizig. Er war ein Mann, der das richtige Verständnis für seine Zeit hatte, war ein Kind seiner Zeit

* In den Jahren 1907 – 1910 führte Gabriele d'Annunzio in seiner Villa Capponcina bei Florenz selbst das Leben eines Renaissancefürsten und zelebrierte ein literarisches Übermenschentum.

und ihr Werkzeug. Sein großes, aber vergängliches Gück nahm rasch zu, verlor sich aber auch genau so rasch wieder, wie ein Unwetter, das sich gegen Ende des Frühlings im richtigen Augenblick entlädt, das die schwüle Atmosphäre reinigt und uns anzeigt, daß es inzwischen Sommer geworden ist.

Die Zeit strebte auf große nationale Einheiten zu, auf moderne Hauptstaaten, auf Zentralisierung des Rechts- und Steuerwesens, auf Trennung des Staatshaushaltes von der Privatkasse der Fürsten, auf Frieden – wenigstens im Innern, auf Unterdrückung des Raubrittertums. Die Zeit fegte die kleinen Tyrannen hinweg, die kleinen Autonomien und Republiken, die Höfe der Duodezfürsten. Die Zeit war für die Tyrannen großen Stiles, für große Heere, für Gerechtigkeit und Ungerechtigkeit im Großen, für eine unumschränkte Gewaltherrschaft in höherem Sinne. Die sogenannten Gerechtsame der freien Reichsstädte gingen überall dem Ende entgegen, weil sie auf bestimmte Gruppen und Geschlechter beschränkte Privilegien waren; an ihre Stelle trat ein allgemeineres Untertänigkeitsverhältnis, das wenigstens einer größeren Anzahl von Leuten äußere Vorteile gewährleistete. Die unumschränkte Freiheit von wenigen wurde durch die begrenzte Freiheit von vielen abgelöst.

Als der Valentiner Machiavelli darlegte, daß er sich die »Vernichtung der Tyrannen« zum Ziel gesetzt habe, erwies er sich als ein moderner Mensch, der das Volk von der Gewaltherrschaft eines Petrucci und Vitelli, eines Baglioni und Gravina, eines Manfredi, Sforza und Da Varano befreien wollte. Sie waren nicht um ein Haar besser als er und vertraten außerdem ein veraltetes Staatsprinzip. Der Valentiner war der Fortschritt und eine große Persönlichkeit, sie hingegen der Rückschritt und die Unbedeutendheit.

Machiavelli ist angenehm überrascht von seinen großen Fähigkeiten; er schreibt nach Florenz: »Er ist ein recht stolzer und prachtliebender Herrscher und so erfahren in der Kriegskunst, daß ihm auch das gewagteste Unternehmen gering erscheint; wenn es gilt, Ruhm oder Land zu erobern, gönnt er sich keine Ruhe, scheut er weder Mühe noch Gefahr. Er erscheint immer ganz unvermutet auf dem Schauplatz, ehe man weiß, wo er sich aufhält und von wo er kommt; er ist beliebt bei seinen Söldnern, einer Kerntruppe, ausgewählt aus den befähigsten Leuten in Italien; und all dies macht ihn zu einer siegreichen und gefürchteten Persönlichkeit, die noch dazu dauernd vom Glück begünstigt wird.«

Als Machiavelli ihn im Winter 1499 kennen lernte, war er gerade von Rom aus gegen Bologna ins Feld gerückt; Florenz hatte er links liegen gelassen, es sollte erst später an die Reihe kommen. Er hatte die letzten Herrscher aus dem Hause Sforza, Malatesta, Manfredi und Montefeltro aufs Haupt geschlagen. Seine Macht reichte jetzt von Cagli und Camerino bis nach Ceri, Sutri, Orvieto und Piombino, von Imola bis nach Fano, vom Adriatischen bis zum Tyrrhenischen Meer, und bildete eine Art Zentralstaat in Italien, der eines Tages zum Schwerpunkt für das ganze übrige, im Norden des Königreichs Neapel gelegene Italien werden konnte, das in zahlreiche Republiken und autonome Fürstentümer gespalten und zersplittert war.

Machiavelli glaubte in Cesare das Wunschbild seiner Träume vor sich zu sehen. Feldherr, Stratege und Organisator in einer Person, würden wir ihn heutzutage als einen kleinen Napoleon bezeichnen. Hatte er eine Stadt erobert, so erließ er sofort Verfügungen, nahm sich der Organisation an, setzte die Wälle instand, sorgte für Sicherheits- und Verteidigungsmaßnahmen und setzte einen zuverlässigen Statthalter ein, als könnte niemand sie ihm jemals wieder entreißen.

Sobald er die Städte in der Romagna eingenommen hat, erkennt er, daß die Frage der Entwässerung in jenem sumpfigen Gebiet von grundlegender Wichtigkeit ist; er läßt Leonardo da Vinci, den ersten Wasserbaumeister seiner Zeit, zu sich kommen, betraut ihn aber auch mit der Instandsetzung der Befestigungen und dem Bau von Denkmälern. Er weiß, daß man die Menschen an ihren zwei schwächsten Stellen packen muß: dem Geldbeutel und der Eitelkeit. Er sorgt für Leihhäuser, Gerichte und Wohlfahrtseinrichtungen aller Art. Er sorgt ferner dafür, daß man einen seiner grausamsten Vögte eines schönen Morgens zerstückelt auf dem Marktplatz findet. Er ist verschlagen, zielbewußt, kühn und sehr verschlossen, ein gewiegter Diplomat und Feldherr; setzt er einen Vertrag auf, so läßt er stets ein Hintertürchen offen, durch das er jederzeit entwischen kann. Er läßt an einem Tage mehr Boten abgehen als die geizigen Florentiner in zwei Jahren. Er hat allein so viele Geschütze wie alle anderen Machthaber in Italien zusammen. Er versteht sein Heer mit Lebensmitteln zu versorgen. Willkommene Gäste empfängt er auch zur Nachtzeit; unwillkommene hält er sich vom Leibe oder läßt sie warten. Seine Pläne entziehen sich auch dem schärfsten Auge; nicht einmal Machiavelli vermag sie zu durchschauen. Schließlich und endlich beginnt er Truppen in seinem Gebiete auszuheben und scheint den Grundstock zu einem Nationalheer zu legen.

Kein Wunder also, daß er Machiavellis Phantasie zu den kühnsten Hoffnungen entflammte; denn wie alle Leute, die von einem lebhaften Wunsche durchdrungen sind, war Nicolò stets geneigt, überall den Mann zu sehen, der Italien zu einer Einheit zusammenschweißen könnte. Daß dieser oder ein ähnlicher Gedanke dem Valentiner gelegentlich durch den Kopf schoß, ist höchst wahrscheinlich. Zum mindesten spricht nichts dagegen. Er war der Lieblingssohn des Papstes, war allen anderen Fürsten Italiens an politischem Weitblick überlegen, war ehrgeiziger und skrupelloser als alle anderen, so daß die Vorstellung von einem einigen und allmächtigen Italien sehr leicht in seinem Geiste Raum gewinnen konnte. Er war ein »Kind Fortunas«, und dieser Göttin brachte Machiavelli stets fast ebensoviel Verehrung entgegen als der Willensgöttin, an deren Huld es dem Valentiner übrigens auch nicht fehlte. Er war ein offenkundiger Bösewicht, von dem man große Schurkenstreiche der Art erwarten durfte, wie sie die Menschen für alle Zeit berühmt machen; und er war immer noch besser als all die heimlichen Schurken, die er kennen lernte.

Machiavelli schloß im Juni 1502 rasch mit ihm Bekanntschaft; er sah ihn und verfolgte von nun an aufmerksam Tag für Tag seine Taten, so besonders die Ermordung von Oliverotto da Fermo, Paolo Orsini, Vitellozzo Vitelli und dem Herzog von Gravina, zwischen dem Oktober 1502 und dem Januar 1503. Sie waren die vier Heerführer des Valentiners, die sich sofort gegen ihn empörten, als die Gunst des Schicksals ihn vorübergehend im Stich zu lassen drohte. Sie trafen sich in Magione, einem kleinen Flecken in der Nähe von Perugia, und schworen sich gegenseitig Treue. Aber der Herzog »seifte sie in aller Ruhe ein«; er lachte im stillen über ihr Schutz- und Trutzbündnis; er streckte scheinbar die Waffen vor ihnen, schlug ihnen einen Vergleich vor, über den er lange hin und her verhandelte, um sie aufzuhalten und zu beruhigen, und zog inzwischen von allen Seiten Streitkräfte zusammen. Er führte den Frieden im Munde und wappnete sich gleichzeitig zum Kampf. Er nahm keine drohende Haltung ein, sondern spielte in jeder Weise den Versöhnlichen, und es gelang ihm schließlich, die vier so sehr in Sicherheit zu wiegen, daß sie ihn nach Senigaglia einluden, wo er an der Spitze seiner Truppen erschien, während sie die ihrigen verließen. Dort empfing er sie zunächst sehr freundlich; aber sobald sie seinen Palast betreten hatten, ließ er sie ergreifen, zwei von ihnen nach spanischer Sitte sofort erdrosseln und die andern in Ketten legen; sie sollten erst hingerichtet werden, wenn sich sein Vater, der Papst in Rom, auch des Kardinals Orsini, ihres Verwandten und Beschützers, bemächtigt und entledigt hätte.

Diese »treffliche List« überraschte sogar Machiavelli, der den Herzog beziehungsweise seinen Minister Agapito Gherardini da Amelia oder seine Höflinge und Vertrauten fast jeden Tag sah. Er hatte wohl erraten, daß der Herzog wieder einmal irgend etwas im Schilde führte, aber auf ein solches Meisterstück war er nicht gefaßt. Er berichtete davon in seinen Briefen an den Florentiner Rat und in einer berühmten Erzählung.

Die öffentliche Meinung im damaligen Italien wurde heftig davon erschüttert. Mönche, fahrende Gesellen und Söldner verbreiteten die Kunde weiter, die überall wie ein Blitz einschlug und zu lebhaften Erörterungen in den Schenken, in den Kirchen, in den Familien und auf den öffentlichen Plätzen führte. Die Menge scharte sich um die Erzähler, und die Gestalt des Herzogs vergrößerte sich in der Phantasie des Volkes immer mehr ins Übermenschliche. Städte und Fürsten sahen ihn im Geiste schon vor sich auftauchen, schön und furchtbar, reich an Sünden und gewissenlos, rachsüchtig und zu jeder Freveltat bereit. Es dauerte zwei Tage, bis die Kunde sich in Rom verbreitete, und dann setzte eine allgemeine Flucht unter den Leuten ein, die sich vor der Engelsburg fürchteten.

Geflügelte Worte, Gassenhauer und derbe Witze waren über den Papst und seinen Sohn im Umlauf. In Florenz wirkte der alte Haß aus Savonarolas Zeit noch immer nach; auch Machiavelli mußte sich so manchen Vorwurf gefallen lassen wegen seiner unparteiischen Berichte über den Herzog.

Wir kennen aus Erfahrung alle Grade der Erregung und Verblendung, die ein politisches Verbrechen entfesselt. Da will jeder seine Meinung sagen, da hat jeder etwas zu enthüllen, und Haß und Leidenschaft schwängern die Atmosphäre. Selbst die überzeugtesten Freunde der Wahrheit werden in den Strudel der Lügen hineingerissen. Die Hitze flimmert in der Luft und läßt alle Konturen verschwimmen. Alle beschwören die widersinnigsten Dinge, und oft sogar im besten Glauben.

Um so höher ist es Machiavelli anzurechnen, daß er in diesem Augenblick seine unerschütterliche Ruhe bewahrte. Mit klaren Strichen skizziert er den Valentiner als einen »Meister der Willenskraft«, als ein vollkommenes und zweckmäßiges politisches Werkzeug. In dem Bestreben, sich im Strom der öffentlichen Meinung zu behaupten, erstarrt er nach und nach so sehr, daß er später jeder bedeutenden geschichtlichen Persönlichkeit, die seinen Geist beschäftigt, die Züge des Valentiners verleiht: sei es Castruccio, sei es Theoderich der Große.

Bald darauf verblaßt der Stern des Valentiners, sein Reich fällt Rom zur Beute, sein Feind Julius II. hebt siegreich das Haupt, seine Festungen ergeben sich, er wird gefangengenommen, auf ein Schiff gebracht und wie eine gefährliche Ware nach Spanien zurückverfrachtet; dort versucht er noch einmal die Zügel der Geschichte an sich zu reißen und fällt bei einem Sturmangriff. Machiavelli weilt damals in Rom und verfolgt, wie es allmählich mit ihm abwärts geht. Aber er wechselt seine Überzeugung nicht. Kam auch der Mann zu Fall, so blieb doch die Methode. Er fiel einer Tücke des Schicksals zum Opfer, das ihn im Stich ließ und ihn aufs Krankenlager warf, gerade in den Tagen, als auch der Papst, sein Vater, erkrankte und starb. Werkzeug der Vorsehung war also in diesem Falle das gelbe Fieber in Rom.

Auch später pflegte er - bei Gesprächen in der Apotheke von Impruneta - zu sagen: Wenn ich einmal über Nacht zum Fürsten werden sollte, würde ich genau das gleiche tun wie der Valentiner Herzog ...

Und beim Kegelspiel mit dem Bäcker entschlüpft ihm der Ausruf: Wart' nur, jetzt geb' ich's dir, wie der Valentiner dem Petrucci!

Und daraufhin der Bäcker: Von welchem Valentiner sprichst du da? Ziel' lieber besser, du Dummkopf!

Pier Soderini

Am 20. September 1502 wurde Pier Soderini, der Sohn Messer Tommaso Soderinis, auf Lebenszeit zum Gonfaloniere der Republik Florenz gewählt; er stammte aus einer vornehmen Familie und war demokratisch gesinnt. Machiavelli war damals schon vier Jahre in seiner Stellung.

Es kommt mitunter vor, daß die Sprößlinge der Aristokratie, die auf dem Boden des Volkes sich entwickeln, den öffentlichen Meinungsaustausch in höflichere, gewähltere, verträglichere und gesittetere Bahnen lenken, wozu ein echter Sohn des Volkes, der sich plötzlich aus dem Nichts in den Signoriapalast versetzt sieht, wohl nur in den seltensten Fällen imstande wäre. So schleifen vor allem die umfassende Bildung, der gesellschaftliche Verkehr, das Bewußtsein und die Erhaltung des eigenen Besitzes – besonders des Grundbesitzes – und die im Elternhaus genossene Erziehung nach und nach die Kanten und Ecken seiner Persönlichkeit ab, die immer wieder da und dort auf Widerstände stoßen, und ermöglichen es einem solchen Manne, das eigene Klassen- und Parteibewußtsein zu unterdrücken, sich gewissermaßen aller kleinlichen Selbstsucht zu entäußern und sich als Kern in das Gefüge der Gesamtheit einzuordnen.

Pier Soderini verdankte seine Wahl der Tatsache, daß er niemand Grund zum Mißtrauen gab, weder durch sein Alter – er war damals schon ein gereifter Mann – noch durch übermäßigen Reichtum. Er war ziemlich beliebt beim Volke, weil er für unbescholten und enthaltsam galt. Vor allem aber war es den Florentinern recht erwünscht, daß er keine Leibeserben hatte, also auch keine Dynastie begründen konnte. Seine Wahl vollzog sich nach englischer Sitte. Als der Rat zusammentrat, weilte er gerade außerhalb von Florenz. Kein roter Heller wurde ausgegeben, kein Druck von irgend einer Seite ausgeübt. Kein Bewaffneter ließ sich auf dem Marktplatz vor der Signoria blicken. Weder die Anhänger der Mediceer noch die Parteigänger Savonarolas stimmten für ihn; er wurde von der Mitte gewählt, dem *juste milieu*, der Mehrheit, wurde gewählt aus offenkundiger Sympathie für seine ehrliche und freiheitlich gesinnte Persönlichkeit.

Nicolò Machiavelli war mit seiner Familie befreundet und schickte ihm gleich nach der Wahl ein Glückwunschschreiben. Was er dabei im Innern fühlte, ist freilich schwer zu sagen; vermutlich war es Hochachtung und Geringschätzung zugleich. Jedenfalls schätzte er Soderinis Bruder Francesco noch mehr, den Bischof von Volterra und nachmaligen Kardinal, der einmal im Vertrauen auf seinen Mut und seinen Einfluß einem Volksaufstande Trotz geboten und so sich, seine Anhänger und sein Hab und Gut gerettet hatte.

Pier Soderini regierte mit Gerechtigkeit und Milde, streng nach dem Buchstaben des Gesetzes. Auch Machiavelli war ein Freund der Freiheit und hatte seine Freude an solch vornehmer Gesinnungsart. Aber er hielt sie nur in Zeiten des Friedens und des Überflusses für angebracht; überstürzen sich die Ereignisse, ist das Getreide knapp, so muß man zu anderen Mitteln greifen. In solchen Zeiten der Not war Machiavelli für rasches Handeln, für einen kühnen Handstreich. Soderini hingegen ließ stets die Menschlichkeit walten, faßte sich in Geduld und setzte Vertrauen in die Zeit und in die Menschen. Als er sich zum erstenmal in seiner Macht bedroht fühlte, ließ er zwar fünfundzwanzig Mediceer als Geiseln verhaften, enthauptete sie aber nicht. Er war ein Mann des Gesetzes, ein Paragraphenschuster; er ließ sich zu all seinen Entschlüssen nötigen, die immer glücklich eine Stunde zu spät kamen. Er spielte den Gutmütigen und Biederen dort, wo er sich als stark hätte erweisen sollen. Zum Löschen eines Brandes benutzte er Rosenwasser. Und eine Lieblingsredensart trug ihm beim Volk von Florenz den Spitznamen »Nutro-Fiducia« ein – der Vertrauensselige.

Dieser Steuermann, der nur bei günstigem Wind das Staatsschiff an den Klippen vorbei zu lenken verstand, wurde von einem Sturm über Bord gefegt, der auch die Stärksten in die Tiefe gerissen hätte. Auf dem Rückzug aus der Schlacht von Ravenna im Jahre 1512 bedrohte ein spanisches Heer Toskana und forderte, daß Soderini abgesetzt und die Medici wieder in die Stadt gelassen werden sollten. Auf diese Drohungen erwiderte Soderini, daß ihn nur der Rat absetzen könnte, der ihn seinerzeit gewählt hatte; und er berief ihn auch sofort zusammen. Das war gewiß eine streng gesetzmäßige Handlung. Die Stimmzittel sprachen denn auch für Soderini, aber die Hellebarden leider gegen ihn.

Das spanische Heer fiel in Toskana ein, belagerte Prato und eroberte und plünderte es. Prato ist nur einen Tagesmarsch weit von Florenz entfernt. Deshalb drangen am letzten Augusttage des Jahres 1512, zwei Tage nach der Plünderung Pratos, die heftige Bestürzung und Entsetzen unter den Krämern und Frauen von Florenz auslöste, einige junge Leute, die es mit den Medici hielten, Paolo Vettori, Anton Francesco degli Albizi und Bartolomeo Valori, berüchtigte Windbeutel und Verschwender - Typen, die man auch heutzutage in allen Bars, Spielklubs und Bordellen herumlungern sieht und die stets zu Ausschreitungen und tollkühnen Streichen bereit sind - mit Gewalt in den Signoriapalast ein, verhafteten Soderini und drohten ihn umzubringen, sofern man ihn nicht schleunigst absetzen würde.

Nun zog es der Rat doch vor, ihn abzusetzen statt ermorden zu lassen, und entließ ihn mit einem erzwungen freiwilligen Stimmbeschluß wieder ins Privatleben. Noch am gleichen Abend verließ er durch die Porta Romana die Stadt, begleitet von Musacchino, einem treuen Albanier im Dienste der Signorie, und von vier Reisigen. Er hatte einen Schutzbrief des Papstes in der Tasche und ein Sendschreiben seines Bruders, der ihm riet, sich nicht auf diesen zu verlassen. Deshalb tat er nur so, als wollte er nach Loreto wallfahren, und floh auf halbem Wege aus Italien, zuerst nach Ragusa und später, um noch sicherer zu gehen, nach Castelnuovo, das damals in der Hand der Türken war.

Vor seinem Tode kehrte er noch nach Rom zurück, um dort gegen die Medici zu wirken und zu konspirieren.

Machiavelli begrub ihn zum zweitenmal mit dem bekannten Epigramm:

> Nacht war's, als Piero Soderini starb
> Und seine Seele niederfuhr zur Hölle.
> Doch Pluto schrie ihr zu: Einfältige Seel',
> Was suchst du hier?
> Scher' dich ins Schattenreich der Kinder!

Die Gunst Soderinis ermöglichte es Nicolò Machiavelli, sein Ideal einer Volkswehr zu verwirklichen. Es handelte sich, kurz gesagt, darum, in den zuverlässigsten Zonen des Stadtgebietes aus jedem Hause ein männliches Familienmitglied auszuheben und anzumustern, es auszurüsten, einem Fähnlein zuzuteilen und mit Unteroffizieren und Hauptleuten zu versehen, es jeden Sonntag zum Exerzierdienst heranzuholen, und zweimal im Jahr zur Truppenschau in Florenz, und es später, wenn es tüchtig gedrillt, ausgebildet und vereidigt worden war, im gegebenen Falle für die Republik kämpfen zu lassen. Diese Volkswehr war ein Schweizer Ideal, das in jenem Staate auch heutzutage noch Verwendung findet, oder, wenn man will, eine Art Nationalgarde, eine Form von republikanischer Wehrpflicht, oder auch ein Nationalheer, das seiner Zeit um einige Jahrhunderte vorauseilte. Wie alle Erstlingsfrüchte war sie freilich noch ziemlich unreif.

Bei der Feuerprobe – das muß unumwunden zugegeben werden – nahm die Miliz ohne weiteres Reißaus. Der Feind sah lediglich ihre Stiefelsohlen. Und da der Raum zur Flucht recht knapp bemessen war, wurde sie niedergemetzelt; aber das interessiert uns erst in zweiter Linie an dem Problem, das uns beschäftigt.

Es gelang Nicolò Machiavelli, zwei Verfügungen zwecks Bildung einer Volkswehr zu erwirken; er selbst verwandelte sich in einen Rekrutierungskommissar. So sehen wir ihn im Jahre 1505 eine ganze Weile zwischen Borgo San Lorenzo, Casentino, Bagno di Romagna und anderen Weilern hin und her reisen, sehen ihn bergauf, bergab durchs Land reiten und gegen die Halsstarrigkeit der Bauern kämpfen, die keinen Gehorsam kannten, kein Vaterlandsgefühl und keinen militärischen Drill, die durch zahlreiche Kirchturmsstreitigkeiten untereinander verfeindet waren.

Eine derartige Volkswehr konnte sich natürlich nicht bewähren.

Will man tapfere und national gesinnte Soldaten sein eigen nennen, so muß man vor allen Dingen erst für eine Nation sorgen. Mit anderen Worten: jeder einzelne Soldat muß sich als Staatsbürger, als Angehöriger eines Vaterlandes fühlen. Florenz aber war leider nur das Vaterland der Florentiner, und nicht einmal das aller Florentiner, geschweige denn das Vaterland der Bewohner von Areto, Pisa, Volterra, Pesciatino und Casentino. Die Städte waren nichts anders als Sklaven und empörten sich bei jeder Gelegenheit. Die Dörfer lebten noch im tiefsten Urzustand und gehorchten höchstens aus Furcht, nicht aus Liebe zum Vaterland.

Die Söldnertruppen kämpften für Sold und um der Beute willen; die Truppen Machiavellis dagegen sollten kämpfen, weil sie Angst hatten. Das war eine völlig unhaltbare Vorstellung, ein Heilmittel, das noch schlimmer war als das Übel selbst.

Außerdem hatte diese freiwillige Volkswehr - der Begriff freiwillige Volkswehr war schon an sich der reine Hohn - auch keinen Führer. Es wäre zwar ein solcher da gewesen. Nämlich Antonio Giacomini, ein unbescholtener, tapferer und charakterfester Mann aus dem Volke, der bei seinen Volksgenossen beliebt war und Bartolomeo d'Alviano im Kriege gegen Pisa aufs Haupt geschlagen hatte. Aber alle Volksrepubliken sind mißtrauisch und neidisch. Weh' dem, der Karriere macht! Die Volksrepubliken sind wie Millionärstöchter, die aus Angst, daß man sie nur wegen ihrer Mitgift heiraten könnte, zu guter Letzt in einem eleganten Salon oder gar in einem Kloster versauern. Niemand betrügt sie, aber sie hinterlassen auch keine Kinder; sie erleben niemals eine Enttäuschung, aber dafür auch niemals eine Liebesstunde. Aus diesem Grunde wollte auch die Republik Florenz den Oberbefehl nicht einem Florentiner übertragen und ernannte auf Machiavellis Rat einen berüchtigten Galgenvogel zum Führer des ersten italienischen Volksheeres: Don Micheletto, den früheren Schergen und Henker des Valentiners, der kaltblütig seine Geheimbefehle und Todesurteile vollstreckt hatte und zu allem Überfluß ein Spanier war.

Die Volkswehr war also gewissermaßen eine unreife Frucht in ausländischer Verpackung.

Als sich nach der Niederlage von Ravenna im Jahre 1512 die zurückflutenden Spanier Prato näherten, in das Soderini rasch zweitausend Mann der Volkswehr geworfen hatte, schwankte das Glück erst eine Weile hin und her und neigte sich dann nach der Seite, die am schwersten wog. Die Spanier waren nur ein kleines

Häuflein und übermüdet und ausgehungert. Es heißt sogar, man hätte ihnen nur einige Säcke voll Brot und ein paar Fässer Wein auf den Weg mitzugeben brauchen, und sie wären gutwillig gegen den Morelloberg abgezogen und in der Richtung nach Rom verschwunden, hätten höchstens ein paar Trauben abgepflückt, die sich eben zu röten begannen und die im Sommer immer schmecken, auch wenn sie noch ein wenig sauer sind.

Aber der Proviant wurde nicht bewilligt. Und so mußten die Spanier sich ihn selbst in Prato holen. Prato war durch eine Mauer geschützt, und hinter dieser stand die Volkswehr. Schon das erste von den beiden Geschützen, die die Spanier erst nach langen Vorbereitungen in Gang brachten, riß eine Bresche in die Mauer. Die Bresche war nicht viel größer als ein Fenster, war nur ein schmaler Spalt. Dieser Spalt war etwa anderthalb Ruten breit, also nur ein paar Meter, und gerade groß genug, um vier Mann auf einmal durchzulassen, sofern sie nicht so dick wie Sancho Pansa waren. Die Straßen und Gartenmauern hinter der Bresche starrten von Bewaffneten mit Armbrüsten, Handfeuerwaffen und Hellebarden. Eine Handbewegung, ja schon ein leiser Fingerdruck hätte genügt, um ein furchtbares Blutbad unter den Spaniern anzurichten.

Stattdessen begann die Miliz ein wildes Wettrennen durch die Straßen von Prato. Sie nahm einen gewaltigen Anlauf wie zu einer Olympiade. Aber da sie zu ihrer Verteidigung vorher alle Tore zugemauert hatte, wurde sie schließlich doch von den Spaniern eingeholt, die Soldaten und Bürger, Greise und Kinder wahllos niedermachten und nach Herzenslust raubten, plünderten, vergewaltigten und brandschatzten.

Die Frauen waren in Scharen in die Klöster geflüchtet, aber die strengkatholischen Spanier machten keinen Unterschied zwischen den Frauen der Prateser und den Bräuten Christi. Die Wüteriche rissen sogar der Muttergottes im Dom die Strahlenkrone vom Kopf, und damals legte, laut einer Sage, das Jesuskind an ihrer Seite sein Händchen wie zum Schutze auf ihr Haupt und ließ es auch später darauf ruhen, wie man noch heutzutage sehen kann.

Die Plünderung Pratos lebte noch lange im Volksmund fort als eines der furchtbarsten und schimpflichsten Ereignisse in der Geschichte Italiens. Das ungeheure Entsetzen, das sie auslöste, wurde erst einige Jahre später durch die Plünderung Roms noch überboten. Auch Michelangelo, der nichts mit der Politik zu tun haben wollte, wurde heftig davon erschüttert.

Prato ist etwa dreißig Kilometer weit von Florenz entfernt. Heute kann man es in einer halben Stunde mit der Eisenbahn erreichen, und ein guter Radfahrer dürfte dazu infolge der ausgefahrenen und dicht belebten Straße ungefähr zwei Stunden brauchen. Damals aber eilten die Nachrichten noch zu Fuß durch das Land, und die Kunde von der Plünderung brauchte eine Nacht, um bis nach Florenz zu dringen. Und dort brachte sie die schwache Regierung Soderinis zu Fall. Sie setzte die Medici wieder in ihre alten Rechte ein. Sie rührte alte Schulden auf, zog Rachetaten, Wandlungen in den Familien und Verbannungen nach sich, ließ Trümmer und Fetzen durch die Luft wirbeln wie jede politische Umwälzung. Und in dieser Umsturzwolke sah auch der arme Machiavelli sein Amt im Nu entschwinden. Nachdem er seine Stellung eingebüßt hatte, widmete er sich der Schriftstellerei.

Ein Geschütz ging los, eine Mauer stürzte ein, ein Heer ergriff die Flucht, eine Nachricht eilte durch das Land: und all dem haben wir es zu verdanken, daß der größte politische Denker, den die Welt seit Aristoteles gesehen hatte, uns eine Darstellung seiner Grundgedanken hinterließ.

Die Bresche von Prato brachte die Mauer seiner Überzeugungen nicht ins Wanken, die widerstandsfähiger waren als diejenigen seiner Miliz. Er predigte und riet den Italienern auch weiterhin, die Söldnerheere abzuschaffen, und schrieb zur Verteidigung des Volksheers seine *Arte della Guerra,* seine *Kriegskunst,* die bei den Gelehrten seiner Zeit den größten Beifall fand. Er war nicht nur stets der Ansicht, daß die militärischen Fragen eng mit der Politik zusammenhängen, sondern hatte sich bei der Belagerung von Pisa, bei der Aushebung der Miliz, bei der Besichtigung der Bollwerke von Florenz und bei der Begleitung und Beobachtung von Heeren und Führern aus aller Herren Länder auch ein umfassendes militärisches Wissen angeeignet und versuchte sogar den Eindruck zu erwecken, als wenn er selbst durchaus imstande sei, den Oberbefehl zu übernehmen. Daß dies tatsächlich sein heimlicher Ehrgeiz war, geht aus einer Anekdote hervor, die einer seiner Zeitgenossen uns überliefert hat und die der Anschaulichkeit halber erzählt zu werden verdient.

Nicolò Machiavelli befand sich auch einmal bei Giovanni de Medici, dem Führer der sogenannten »Schwarzen Schar«, und hatte wie gewöhnlich das Gespräch auf sein Lieblingsthema gebracht: auf die Miliz, auf die Römer, auf die Schlachtordnung, in der sie ihr Fußvolk aufzustellen pflegten, eine Schlachtordnung, die auch heutzutage noch wertvolle Dienste leisten könnte. Da macht ihm der Führer der Schwarzen Schar den Vorschlag, seine Theorien doch in der Praxis vorzuführen mit dreitausend Mann, die er ihm gerne zur Verfügung stellen wolle. Nicolò willigt ein. Er probiert hin und her und läßt die geladenen Gäste über zwei Stunden in der glühenden Sonne warten, ohne daß es ihm gelingt, auch nur ein klein wenig Ordnung in die Reihen zu bringen. Und dabei plauderte er doch gleichzeitig so gewandt und anschaulich darüber und schilderte immer wieder, wie einfach diese scheinbar so veraltete Methode sei, so daß jeder, der nichts davon verstand, glaubte, das Fußvolk müßte im Nu in Reih und Glied dastehen. Doch es ging Nicolò genau so wie einem Vogel, der sich im Netz gefangen hat: je mehr er schrie und sich aufregte, desto tiefer verstrickte er sich in das Netz und desto mehr verwirrte er auch die Mannschaft.

Deshalb ließ sich der Führer der Schwarzen Schar, dem sein knurrender Magen zu verstehen gab, daß es Zeit zum Essen sei, schließlich herbei, Messer Nicolò aus seiner Verlegenheit zu befreien. Er ließ ihn zurücktreten, übernahm selbst den Befehl und stellte mit Hilfe der Trommler die ganze Mannschaft im Handumdrehen in den verschiedensten Formationen und Staffeln auf, zur größten Verwunderung der Anwesenden.

Dann gingen sie alle zu Tisch, und dort rettete Machiavelli seine Ehre wieder, indem er eine seiner gepfefferten Geschichten zum besten gab, die ihm so leicht niemand nacherzählen konnte, und in denen er nicht wie in der Kriegskunst Römer oder sonst irgendwen nachzuahmen brauchte.

Wappen und Ämter

In dem Italien, von dem wir sprechen, wechselten mit der Politik stets auch die Ämter. War die Regierung rot, so kamen die Roten zu Amt und Würden, war sie schwarz, so saßen die Schwarzen in allen Stellungen. Gelangten die Schmerbäuche ans Ruder, so legten sich alle Beamten bis zum Postboten ein kleines Bäuchlein zu; wurden sie von den Bürokraten abgelöst, so verbürokratisierte die ganze Stadt bis zum Zollaufseher.

Auch im Signoriapalast in Florenz waltete genau das gleiche Gesetz. Bei einem Regierungswechsel nahmen alle Fettwänste Reißaus und machten den Parteigegnern mit leerem Bauche Platz.

In solchen Tagen des Umsturzes wechselten alle schleunigst die Kokarde und erwiesen sich als treue Diener der neuen Herren. So gaben sich nach der Rückkehr der Medici alle, die es einigermaßen glaubhaft machen konnten, für begeisterte Mediceer aus; und die Steinmetzen von Maiano und Settignano wurden mit Bestellungen von Wappenschildern des Hauses Medici überschüttet, die man zum Zeichen seiner Gesinnungstreue über den Haustüren annageln wollte. Man trug die Wappenkugeln der Medici am Hut, am Rockkragen und an den Ärmeln; die Lahmen brachten sie auf ihren Krücken an, die Droschkenkutscher auf den Pferdedecken, die Adligen auf ihren Sänften und Wagen, die Stutzer auf ihren Zigarettenetuis. Eine vornehme Dame erregte großen Beifall, als sie in einem mit solchen Wappenkugeln bestickten Mantel zur Messe ging, und von diesem Tage an wurde bei allen Schneiderinnen der gleiche Besatz bestellt. Die Torte, die es an der Alten Brücke zu kaufen gab, wurde mit ein paar runden kandierten Früchten garniert und erhielt den Namen Mediceertorte. Man befestigte diese Wappenkugeln sogar am Kruzifix, so daß einige Gläubige, die einen Frevel darin erblickten, laut zu murren begannen.

Nur Machiavelli wiegte sich in der Hoffnung, seinen Sekretärsposten auch nach dem Sturz der Volksregierung und Soderinis behaupten zu können. Er hatte getreulich bis zum letzten Tage seine Pflicht im Dienste seines Herrn erfüllt; ob er freilich auch noch zur Porta Nomentana ging, um ihn ein letztes Mal zu umarmen, weiß ich nicht; aber er verhalf ihm sicher zu dem Unterschlupf im Hause Francesco Vettoris, der ihm das Leben rettete. Und auch später schrieben sie sich hin und wieder Briefe, teils offen und teils heimlich, ein Zeichen, daß Soderini nicht den Eselstritt von Nicolò erhalten hatte.

Aber nachdem er dem so unrühmlich Verschiedenen ein letztes Lebewohl! nachgerufen hatte, versuchte Machiavelli sofort, sich auf guten Fuß mit den Lebenden zu stellen und seine Stellung zu bewahren, oder nach der Entlassung, so gut es eben ging, bei den Mediceern in Florenz oder in Rom unterzuschlüpfen. Und sollte ihm das nicht gelingen, so wollte er wenigstens seinem Bruder zu irgendeinem Posten verhelfen.

Ihr werdet sagen: Sieh mal an, was für eine klägliche Bedientenseele! Er hat die Schuhe seines verstorbenen Herrn noch nicht blank geputzt und sieht sich trotzdem schon wieder nach einer neuen Stellung bei dem andern um, der ihn getötet hat, im gleichen Hause, in dem er vorher Diener war. Es sieht fast so aus, als ob dieser Ratsschreiber der Volksregierung, der jetzt den neuen Tyrannen um den Bart geht, sein Nest warm halten wolle, als ob er sich vor der kühlen Nachtluft draußen vor dem Stalle fürchte.

Und das mag stimmen. Die Menschen bleiben eben Menschen, und Machiavelli war ein Mensch wie alle andern. Es ist schon möglich, daß seine Bedürfnisse, der Gedanke an seine Familie und die angeborene Großzügigkeit im Geldausgeben ihn zur Liebedienerei vor den Mediceern verführten; aber er bietet seine Erfahrung, seinen Rat und seine untertänigen Dienste immer nur im Gedanken an Florenz an, im Gedanken an ein einiges Italien und an ein Volksheer. Sie dünken ihn unerläßlich sowohl für eine Republik als auch für einen Fürsten. Er liebt nach wie vor sein Vaterland und will ihm dienen. Er kann sich nicht über Wollwaren unterhalten, kann überhaupt nicht an Geschäfte denken oder Verlust und Gewinn vorherberechnen; er schläft nicht mit der Zinsaufstellung unter dem Kopfkissen ein. Er hat nur den einen Gedanken, die eine Leidenschaft, das eine Ideal: die Politik, das Staatsleben. In ihm geht er vollkommen auf und kümmert sich nicht um den Führer.

Und neben dieser Liebe nährt er auch eine heimliche Verachtung.

Zwar zieht er die Volksherrschaft der Adelsherrschaft vor, hat aber keine Achtung vor den kraftlosen, verzagten und willensschwachen Volksvertretern. Er hat wohl lange mit der Republik zusammengelebt, aber seine Ehe war nicht glücklich. Sie endete mit bitterer Enttäuschung über Soderini. Er erfüllt jeweils seine Pflicht gegen seinen Herrn, nichts weiter. Und unterdessen wartet er auf die andern. Wartet auf sie voll banger Hoffnung. Vielleicht wird sich einmal ein Mediceer finden, der Energie und Einsicht besitzt, ein Mediceer, der unter seinem Banner die italienischen Kräfte gegen die Fremden sammeln wird. Diesem Mediceer bietet er seine Dienste an.

Und natürlich lehnten die Medici sie ab.

Mit demütiger, mit aufdringlicher, mit naiver Beharrlichkeit bietet Machiavelli sich an, wartet mit gutem Rat und allerlei Vorschlägen auf. Er heftet sich an die Fersen Francesco Vettoris, des florentinischen Gesandten am Hof in Rom, der bei den Medici beliebt war; er schreibt an Donna Alfonsina, die ehrgeizige Mutter Lorenzos; er gibt ein Gutachten über die Verfassung von Florenz ab und rät dem Kardinal Giovanni ab, sich die Güter zurückgeben zu lassen, die man den Mediceern weggenommen hatte. Vettori spielt sich als sein Gönner auf, legt aber nicht ein Wörtchen für ihn ein; Alfonsina schenkt ihm scheinbar Gehör und rät ihrem Sohne ab, Machiavelli anzustellen; der Kardinal liest seinen Bericht und tut genau das Gegenteil von dem, was Machiavelli ihm nahelegt.

Zu seinem Unglück stieß Machiavelli nach dem demokratischen Schwächling auf einen mittelmäßigen Tyrannen, auf einen kleinlichen Hüter der Tradition, der kein Verständnis für große Geister hatte, auf einen eitlen Herrscher, der lieber willfährige Schurken an seiner Seite sah als zielbewußte und ehrliche Männer. In Florenz geht Machiavellis Stellung auf einen gewissen Micheluzzi über, einen ziemlich unbedeutenden Menschen, der ein williges Werkzeug in der Hand der Medici war; in Rom stellt Guiliano einen gewissen Pietro Ardinghelli als Sekretär an, einen dunklen Ehrenmann, der aus der Gunst seines Herrn Geld zu schlagen versteht. Solche Kreaturen waren den Mediceern lieber als ein Machiavelli.

Machiavelli ist nichts für euch, sagte Alfonsina zu ihrem Sohn.

Machiavelli ist nichts für euch, wiederholte der Kardinal Giovanni. Machiavelli ist nichts für euch, sagten auch Giuliano und Lorenzo.

Und dennoch fuhr der arme Machiavelli fort, jene dummen Nachkommen des schlauen Lorenzo zu umschmeicheln, zu loben und zu beweihräuchern; fuhr fort, zu träumen und zu hoffen und sich ein Italien auszudenken, groß und allmächtig wie das alte Rom. Der Geist des Altertums war seiner Meinung nach noch nicht erloschen; er konnte jederzeit neu aufflackern, wie Petrarca prophezeit hatte; und so glaubte er jedesmal, wenn er einen neuen Mann auftauchen oder die Ereignisse sich überstürzen sah, den Befreier Italiens schon gekommen. Es brauchte nur einmal ein Mann, ein einziger Mann mit starkem Willen aufzutreten, und Italien war gerettet!

So wollte er seinen *Principe* zunächst Giuliano widmen, überreichte ihn aber schließlich Lorenzo, der noch mehr vom Glück begünstigt und noch zielbewußter zu sein schien.

Doch an dem gleichen Tage, an dem Lorenzo das Manuskript des *Principe* erhielt, mit der bescheidenen Widmung: »Wollen Euere Herrlichkeit dies kleine Geschenk gnädigst in dem gleichen Geist entgegennehmen, in dem ich es abschicke; wenn Sie es aufmerksam durchlesen, so werden Sie in ihm den sehnsüchtigen Wunsch erkennen, daß Euere Gnaden jene Macht und Größe erlangen mögen, die Ihr Glück und Ihre übrigen Fähigkeiten Ihnen verheißen«, – an dem gleichen Tage hatte er von einem seiner Höflinge auch zwei Jagdhunde geschenkt bekommen, ein Männchen und ein Weibchen, die Bamboccio und Rosina hießen: zwei selten schöne Jagdhunde, wie sie so leicht noch kein Hundewärter des Hauses Medici besessen hatte. Er war ganz begeistert von der Schönheit dieser Tiere und kam vor lauter »Bamboccio!« und »Rosina!« den ganzen Tag zu keinem anderen Gedanken; er streichelte sie, er spielte mit ihnen, er ließ sie »das Wild verbellen«, umhertollen, springen und apportieren, und ging zwei- oder dreimal selbst in den Hundezwinger, um nachzusehen, ob sie gut aufgehoben seien und gut gefüttert würden. Er ließ einen herzlichen Brief an den Freund schreiben, der sie ihm geschenkt hatte, entdeckte erst gegen Abend das Buch, das auf einem Tisch liegen geblieben war, und beauftragte einen Boten, Machiavelli zwei Flaschen Wein zu bringen und ihm gleichzeitig in seinem Namen bestens zu danken.

Am Folterseil

Agostino Capponi, der Sohn Piero Capponis, und Pier Paolo Boscoli waren zwei junge Leute aus gutem Hause, die zuviel Latein gepaukt und den Mönch Savonarola zu oft predigen gehört hatten. So kamen sie allmählich zu der Überzeugung, daß das Jahrhundert des Brutus und die Zeiten der Apostel auf Erden wiederkehren würden, wenn sie die Medici erst aus Florenz vertrieben hätten.

Derartige Pläne bezeichnet man in stürmischen Zeiten als Verschwörungen. Ein Namensverzeichnis, das einer von ihnen verlor und das von einem Spitzel im Hause Lenci gefunden wurde, verriet sie. Sie wurden am 18. Februar 1513 unversehens aus dem Bett geholt, ins Verlies geworfen, gefoltert, zu einem Geständnis gezwungen und hingerichtet. Die Aufzeichnungen über ihre letzten Stunden, die uns ein wahrheitsliebender und unparteiischer Augenzeuge hinterlassen hat, gehören zu den aufschlußreichsten Urkunden aus jener Zeit, die eine seltsame Mischung römischer Mythen und christlicher Nächstenliebe darstellte.

Aber ich erwähne sie nicht aus diesem Grunde. Sie interessieren mich nur, weil auf jener Liste neben ihren Namen auch der von Nicolò, dem Sohne Bernardo Machiavellis, steht. Zwar hatte er niemals an eine Verschwörung gegen die Medici gedacht. Er war kein Freund von Verschwörungen, die er sowohl in den Werken verurteilte, die er bezahlt bekam, als auch in seinen privaten Schriften. Er dachte so wenig an eine Verschwörung, daß er sogar unmittelbar nach dem Sturze Soderinis bei den Mediceern unterzuschlüpfen versuchte.

Aber die zwei tollkühnen Florentiner sagten sich in Anbetracht seiner verlorenen Stellung und der einen oder anderen hochverräterischen Bemerkung, daß sie im Falle einer Verschwörung wohl auf Nicolò zählen könnten; und sie trugen ihn ohne weiteres in die Liste der Leute ein, auf die sie rechneten. So wurde auch Machiavelli an dem gleichen Tage verhaftet und eingekerkert.

Wie alle vernünftig denkenden Menschen hatte er Angst vor

Schmerzen. Die Angst ist ein Gleichgewichtsfaktor in der Welt. Wohin würden wir kommen, wenn es nur gefühllose, verwegene und unerschrockene Leute gäbe?

Die Weisheit in der Welt wird von Menschen verkörpert, die ein vernünftiges Furchtgefühl besitzen. Ohne Furchtgefühl gäbe es keine Rücksichten und Ersparnisse, keine Achtung vor den Gesetzen, keine Häuser zum Schutz gegen Kälte und Unwetter, kein Gewerbe, keine Berufe, keine Archive und keine Banken. Diese berechtigte Angst sorgt dafür, daß man sich nicht in verzweifelte Abenteuer einläßt und keine groben Schnitzer begeht. Die Furcht ist ein nützlicher Hemmschuh für die Menschheit, und Nicolò besaß gerade so viel, wie für einen vernunftbegabten Menschen nötig ist.

Aber er war auch imstande, das Unvermeidliche auf sich zu nehmen. Die Angst ist ein vorzügliches Mittel zur Verhütung von Leiden und Unglück. Haben einen die Leiden und das Unglück aber erst einmal ereilt, so muß man ihnen als vernünftiger Mensch unerschrocken ins Gesicht sehen und mit ihnen fertig werden. Das ist eine ebenso notwendige Tugend wie die Furcht.

So handelte auch Nicolò: er bot der Verfolgung Trotz und ertrug tapfer die Folter, ohne sich zu einem Geständnis bewegen zu lassen, sei es, daß sein Geist ihn gegen die Qualen wappnete, sei es, daß er nichts zu gestehen hatte. Er war über einen Monat im Verlies, in der Gesellschaft von Ratten, so groß wie Katzen, und von Läusen, »so groß wie Schmetterlinge«. Er machte eine schwere Stunde durch, als er eines Tages hörte, wie die Türen aufgeriegelt wurden und die Mönche im Hofe unten Gebete für die zum Tod Verurteilten herunterleierten. War das letzte Stündlein also doch gekommen? Nein, nur für Capponi und Boscoli. Aber als Machiavelli aus dem Gefängnis kam, konnte er den Frauen zu Hause noch die Spuren der Ketten an seinen Knöcheln zeigen; denn man hatte ihn wie einen Falken angekettet.

Die Folter dauerte nicht lange.

Er wurde nur sechsmal am Folterseil emporgezogen. Das rasche Geständnis Boscolis und Capponis bewahrte ihn vor Schlimmerem. Und ehe ein befreundeter Mediceer ein gutes Wort für ihn einlegen konnte, wurde er durch die Papstkrönung des Kardinals Giovanni de'Medici, zum Papst Leo X., befreit.

Allgemeiner Jubel herrschte in Florenz. Giovanni war der erste florentinische Papst, der gewählt wurde. Alle entdeckten plötzlich eine entfernte Verwandtschaft oder Freundschaft mit dem neuen Kirchenvater. Der eine erinnerte sich, daß er ihm einmal fünfundzwanzig Lire geborgt hatte, als er unterwegs war und seine Börse vergessen hatte; der andere hatte ihn einmal an seiner Schnupftabaksdose riechen lassen; der dritte hatte ihn als Knäblein auf den Armen seiner Amme gestreichelt und war noch ganz begeistert von dem strotzenden Busen der Mugelleserin, die ihn nährte. Mehr oder weniger dachten alle, daß sie jetzt zu Reichtum, Macht oder Ansehen gelangen oder doch wenigstens ein Pöstchen in den Marställen in Rom erhalten würden, wo man sicher neue Stallmeister und Knechte anstellen würde, wie jedesmal nach dem Tode eines Papstes.

Machiavelli aber wandelte nach der Entlassung aus dem Kerker wie im Traume durch die Straßen von Florenz. Und ich wünschte, ich könnte dir schildern, lieber Leser, wie er sich andächtig und tief ernst, mit einer Kerze in der Hand, zu einer schönen Florentiner Kirche begibt, um seinem Herrgott zu danken.

Leider muß ich als wahrheitsliebender Geschichtsschreiber statt dessen berichten, daß Nicolò sich fünf oder sechs Tage lang im Hause nicht gerade sehr gottesfürchtiger Mädchen einem ausgelassenen Freudentaumel überließ, vor allem im Hause von Sandra di Pipo, vor deren Fenstern man die große Prozession vorbeiziehen sehen konnte, die Florenz wegen der Wahl seines Mitbürgers Giovanni de'Medici zum Papste veranstaltete. In seiner Gesellschaft befanden sich Tommaso del Bene, Donato del Como, Girolamo del Guanto, der Graf Orlando und eine Reihe anderer lustiger Gesellen. Sie leerten so manche Flasche Wein, tanzten den Engelsreigen, ließen die Weiber Äbtissin und Novize spielen, und kamen erst spät in der Nacht nach Hause, zur größten Entrüstung ihrer Ehehälften.

Es waren die letzten Tage, die Machiavelli in Florenz verbringen durfte. Gleich darauf mußte er sich in die Verbannung begeben, auf sein Landgut in San Andrea. Seltsame Frühlingstage waren das fürwahr, launische Tage, voll Sturm, voll Hagel und Sonnenschein, die den Saft in den Bäumen emporquellen, die Wiesen erschauern und die Vögel fröhliche Weisen in den blauen Florentiner Himmel schmettern ließen.

Machiavelli verlebte manch frohe Stunde im Kreise seiner Kumpane, aber nachdem der erste Rausch verflogen war, hörte man mitunter unter seinem Lachen und Gröhlen auch ein gequältes Schluchzen aufklingen. Es gab keine andere Möglichkeit für ihn, die trüben Gedanken aus seiner Seele zu verbannen, die trotzdem immer wieder sich einfanden, noch trauriger als zuvor. Am meisten schmerzte es den tüchtigen und verdienstvollen Mann, daß man ihn wegen Leuten, die viel weniger wert waren als er, kaltstellte, verleugnete und übersah. Er war tief unglücklich, daß er die einzigen Dinge, an denen ihm etwas lag, verlieren sollte; sein ganzes Leben war vernichtet; all seine Mühe war umsonst gewesen; er war ein Vaterlandsloser, ein Verkannter. Man hatte ihm nur noch kurzen Aufschub gewährt, damit er alles in Ordnung übergeben und seine Sachen erledigen könnte; und so mußte er immer wieder ins Rathaus gehen, mit den Gefühlen eines Missetäters, der aufs Gericht zurückkehrt, um noch einmal die Akten durchzusehen, die zu seiner Verurteilung führten; mußte dort lange Gespräche mit seinen Nachfolgern pflegen, deren Gehirn für sein Gefühl nicht viel größer war als das eines Kanarienvogels.

Trotz all dieser Demütigungen versuchte er seine Abreise immer wieder hinauszuschieben, weil er doch lieber unter gebildeten Leuten lebte und von den Taten des Sultans und des Königs, der Eidgenossen und des deutschen Kaisers erzählen hörte, als unter den Bauern und Fuhrleuten in der Umgebung von San Casciano, mit denen er sich höchstens über die Wein- und Holzpreise unterhalten konnte. Abend für Abend saß er auf der Bank vor dem Hause Capponi, sah den letzten Tagesschimmer verblassen und sprach von allen möglichen Dingen. Aber er klagte niemanden an. Das leidige Schicksal, das ihn so tief erniedrigt hatte und – so Gott wollte – auch wieder erhöhen würde, sollte keine Träne in seinem Auge schimmern sehen.

Als Nicolò seinen Abschied schließlich nicht länger hinausschieben konnte, ging er schweren Herzens in die Verbannung, die er in Albergaccio verbüßen sollte, einem Landhaus auf seinem Gut San Andrea in der Lanschaft Percussina. Nicolò war ein kleiner Grundbesitzer. Außer seinem Landhaus besaß er noch einen kleinen Turm, der an der Straße lag und in dem Capitino, der Gutsverwalter, wohnte. In der Umgebung lagen drei kleine Güter: Poggio, Fontalla oder Podere Nuovo, und Monte Pugliano, ein Olivenhain und mehrere Wälder. Er besaß ferner ein großes und ein kleineres Haus im Kirchspiel von San Felicità in Florenz, die er beide vermietete, und zwei weitere Häuschen in San Andrea, die als Schenke und Metzgerei eingerichtet waren. Davon konnte man zur Not leben, wenn man wenig aß und im übrigen mit der guten Luft und der schönen Aussicht vorlieb nahm.

Will man Machiavellis Lage in diesem Augenblick an einem Beispiel aus der heutigen Zeit begreifen, so müßte man einen Beamten im Dienst des Völkerbundes zum Vergleich heranziehen, gebürtig aus einem jener Staaten, die sich wegen ihrer Kleinheit von der Politik Englands ins Schlepptau nehmen lassen müssen, sofern sie nicht die Politik Frankreichs unterstützen wollen: wohlgemerkt einen Beamten zweiten Ranges, einen Dolmetscher oder Sekretär, der infolge seiner beruflichen Pflichten auch in die Geheimnisse jener Verhandlungen und stillschweigenden Übereinkünfte Einblick gewonnen hat, die beim Frühstück oder in den Wandelgängen zustande kommen und die wichtiger sind als die Beschlüsse in den öffentlichen Tagungen; der mit Briand an einem Tisch saß, der in seiner Eigenschaft als Dolmetscher Stresemann kennenlernte und mit Churchill im selben Zuge fuhr; der in Rom war, um Mussolini eine Botschaft zu übermitteln, und bei dieser Gelegenheit auch dem Kardinal Gaspari incognito einen Besuch abstattete; der ferner gleichzeitig diplomatische Berichte, geheime Briefwechsel und politische Schriften gelesen hat. Da beruft eines schönen Tages ein jäher Umschwung in der Politik seines Landes diesen kleinen Beamten aus Genf ab, wo er ganz in dem Spiel der großen Politik aufging, das er etwa zehn Jahre lang aus nächster Nähe und in seinen geheimsten Tiefen verfolgen durfte: beruft ihn ab und verschlägt ihn in irgendein kleines Dorf, wohin die Post nur einmal in der Woche kommt, wo es keine Zeitungen gibt, wo der Pfarrer der einzige Mensch mit etwas Bildung ist und wo der Krämer nur drei Fläschchen Tinte im Jahr verkauft.

Dieser kleine Beamte ist das getreue Ebenbild Nicolòs während seines Aufenthalts auf dem Lande.

Was bleibt ihm denn noch? Vom September ab – für einige Monate – die Krammetsvögeljagd, mit dem Käuzchen auf der Faust und mit den geblendeten Lockvögeln in den Büschen ringsumher; die Aufsicht über das Abholzen eines Eichenwäldchens und der Verkauf von ein paar Klaftern Holz und ein paar Brettern an seine guten Freunde, die ihm in Wirklichkeit nie einen roten Heller dafür bezahlen; der Umgang mit einem Müller, einem Metzger und zwei Bäckern; eine Witwe, die ihm gewogen ist; ein Gesandter, Francesco Vettori, der sich daran erinnert, daß er ihn bei verschiedenen diplomatischen Aufträgen begleitet hat, und der sich herbeiläßt, ihm hin und wieder aus Rom zu schreiben, ihn nach seiner geschätzten Meinung über die Tagesereignisse fragt und ihm versichert, daß er noch nie einem so weitblickenden Menschen wie ihn kennengelernt habe; der ihm seine Angst vor den Türken anvertraut, während Nicolò ihm seine Furcht vor den Schweizer Eidgenossen enthüllt.

Aber da Nicolò in dieser politischen Kannegießerei keine Befriedigung fand und sich auch nicht mehr selbst in die Politik mischen konnte, begann er sie von weitem zu betrachten. Wie man aus einer Krankheit, von der man zwar noch nicht ganz genesen, aber doch schon einigermaßen unabhängig ist, eine geistige Lehre ziehen kann, so beginnt auch Machiavelli, der zwar der Regierungskrankheit entronnen ist, sie aber noch nicht ganz überwunden hat, über Politik zu schreiben, aber nicht über eine beliebige Politik, über irgendein beliebiges Ereignis, über das man ein selbständiges Urteil fällen oder von dem man sich zu einer selbständigen Handlung bewegen lassen soll; sondern über Politik im allgemeinen, über jene ewige Politik, die schon die Väter trieben und die auch heutzutage noch im Schwunge ist. Der kleine Beamte schreibt jetzt nicht mehr Berichte, sondern Abhandlungen; er ist nicht mehr Beamter, sondern Philosoph.

Der Brief, in dem er uns von der Entstehung des *Principe* erzählt, ist zwar sehr bekannt, aber so schön, daß man der Versuchung, ihn noch einmal durchzulesen, nicht widerstehen kann. Mir ergeht es jedenfalls immer so, wenn ich Machiavellis gesammelte Briefe aufschlage und mein Blick auf die Stelle fällt: »Habe ich den Wald verlassen, so gehe ich zu einer Quelle, und von dort zu meinem Vogelherd ...« Diese Stelle ist der Schlüssel zu Machiavellis Innenleben; angeregt von ihr, besichtigen wir sein Haus, erblicken ihn im Kreise seiner Familie, empfinden sein ganzes Leid und erbauen uns an seiner Größe.

Dieser Wald, dieser Quell, dieser Vogelherd, zu dem er geht, werden schon beim bloßen Gedanken an Machiavelli lebendig, weil sie ihn durch ihren Schatten, ihr Plätschern und ihre Kurzweil trösteten. Wir hören ihn mit lauter Stimme Dante und Petrarca, Tibull und Ovid lesen, und diese Dichter werden uns um so liebenswerter; wir sehen, wie er mit den Leuten in der Wirtsstube plaudert, wie er sich von ihren kleinen Nöten erzählen läßt, wie er über ihre Erlebnisse lächelt und stillschweigend die mannigfachen Einbildungen zur Kenntnis nimmt, die seine Lieblingsanschauungen über das Leben bestätigen; und diese Toskaner erscheinen uns noch viel reizvoller als zuvor.

Wir sehen ferner, wie er mit seinen Kindern und seiner Marietta zu Mittag ißt. Klatsch! – setzt es eine Ohrfeige, das Geschrei der Rangen verstummt eine Weile, um gleich darauf von neuem zu beginnen. Die Magd, Capìtino, ein Fuhrmann gehen draußen vorbei, stecken den Kopf zur Tür herein, treten näher und sorgen für Zerstreuung. Mohrrüben, Bohnen und Geräuchertes, Schwarzbrot, Äpfel und Birnen, ein Stück Käse und ein leichter Tischwein, um den scharfen Geschmack des Käses hinabzuspülen – das ist sein karges Mahl.

Am Tage geht Machiavelli ins Dorfwirtshaus, um mit dem Wirt, dem Schlächter, dem Müller und den zwei Bäckern Tarock, Würfel oder Puff zu spielen. Er erhitzt sich beim Spiel, schreit und flucht und ereifert sich stundenlang wegen eines fehlenden Punktes oder eines Groschens.

Dann geht die Sonne unter, und der andere Machiavelli kommt zum Vorschein. Er sucht seine Arbeitsstube auf, einen kleinen Raum, in dem tagsüber landwirtschaftliche Fragen erörtert werden, der zu Verwaltungszwecken dient und in dem es um Pfennige geht, nicht mehr um Gulden wie im Signoriapalast in Florenz. In den kleinen toskanischen Landhäusern, in denen der Hausherr eine Art Gutsverwalter ist, befindet sich die Arbeitsstube im Erdgeschoß, damit die Bauern ohne weiteres ein und aus gehen können; das Fenster liegt meistens ziemlich hoch über dem Boden und ist vergittert; man hört das Wiederkäuen und Stampfen eines Tiers, das draußen an einem Ring an der Mauer angebunden ist; in einer Ecke des Zimmers lehnt ein Getreidesack, der auf den Müller wartet, oder irgendein Ackergerät, das ausgebessert werden soll; und in der Mitte steht der Schreibtisch mit dem Tintenfaß, den Gänsekielen, der Streusandbüchse, der Fuchspfote, dem Schreibblock und all den geheimnisvollen Gegenständen, die dem Bauer nicht recht geheuer erscheinen.

An der Tür der Arbeitsstube kauert in ihrer ganzen Kläglichkeit die Alltagsseele, die Machiavelli ablegt; eine andere Seele erwacht dort allabendlich in ihm zum Leben. Dann verwandelt Nicolò sich wieder in den Höfling und Staatsmann von früher und ruft die großen Männer des Altertums herbei. Freundlich neigen sie sich über ihn, schenken ihm Gehör, geben ihm Antwort, lösen seine Zweifel und bestärken ihn in seinen Überzeugungen. Vier Stunden lang behelligt ihn kein anderer Gedanke. Wo sind dann seine Schulden? Die Steuern, die er noch bezahlen muß? Das rückständige Geld für das verkaufte Holz? Die häßliche Erinnerung an die Folter und die Hingerichteten? Die römische Kurie, die er mit Bitten bestürmen muß, und die gehässigen Mediceer, die ihm hartnäckig ihr Ohr verschließen? Verschwunden ist dies alles, und übrig bleibt nur noch die Staatswissenschaft, vollkommen unbeschwert von Raum und Zeit, die klare Erkenntnis der Menschen, ungetrübt durch Täuschung oder Schmeichelei.

Was er in diesen Stunden schreibt, in denen er sich von seiner eigentlichen Kost ernähren darf, betrachtet Machiavelli nicht als eigenes Werk; er zeichnet lediglich Erinnerungen auf, weil man nur zur Erkenntnis gelangt, wenn man sich einprägt, was man begriffen hat. Der *Principe* will kein schöpferisches Werk sein, sondern nur eine genaue Wiedergabe der geistigen Selbstgespräche Machiavellis; oder - wenn man will - sogar noch weniger: eine seiner vielen Launen, wie er selbst sagt, eine Laune, die seinen Freunden gefallen und auch bei den Fürsten Interesse erwecken dürfte, besonders bei den eben erst zur Macht gelangten Fürsten, das heißt nicht bei denen, die auf ihr Erbe pochen und von ihren Traditionen zehren, sondern bei denen, die sich kühn und zielbewußt erst solche schaffen wollen.

Mit diesen bescheidenen Worten macht Machiavelli seinen Freund, den Gesandten Vettori, auf das Erscheinen eines Werkes aufmerksam, das die Menschheit jahrhundertelang beunruhigen sollte, das auch noch heutzutage zum Nachdenken anregt und dessen Aufgabe noch lange nicht erschöpft ist.

Dieses Werk entstand zwischen dem Hammer des Schmerzes und dem Amboß der Not. Wir verdanken den *Principe* dem Unglück Machiavellis, verdanken jede Seite seinem Mißgeschick, jede Periode seinem ungerechten Los, jeden Grundsatz der Weisheit, die der Mensch durch bittere Erfahrungen und Enttäuschung erlangt.

Wenn ich diesen berühmten Brief durchlese, fällt mir immer wieder der Vers Dantes ein: *Du wirst ihn schaun in seiner ganzen Größe*... Dann erscheint mir Machiavelli jedesmal in einem verklärten Licht, in jener unsichtbaren Erhabenheit, die allen großen Geistern eigen ist, umstrahlt von jener Glorie, die der breiten Menge verborgen bleibt, gekrönt mit jener Dornenkrone, die das Antlitz aller großen Menschen mit Blut überströmt.

Diese erhabene Miene prägte sich sicher auch in seinem Gesichte aus, als er einmal jemandem, der ihm vorwarf, daß er den Tyrannen den Weg zur Macht gewiesen habe, zur Antwort gab:

»Daß ich den Tyrannen den Weg zur Macht gewiesen habe, ist richtig; aber andererseits wies ich den Völkern ja auch den Weg zum Sturze der Tyrannen.«

Für ein einiges, bewaffnetes, von der Kirche unabhängiges Italien

Man werde sich nun zunächst darüber klar, vor was für einer düsteren und abgründigen Kulisse das menschliche Leben sich abspielt. In seinem Hintergrund lauert stets ein blinder Zufall oder ein blindes Schicksal, das die Menschen rastlos hin und her hetzt, ohne Fug und Sinn. Sie tragen die Ursache ihres Werdens und Vergehens in sich selbst.

Da ist also diese Kulisse, und vor ihr eine Reihe großer Schauspieler: die Staaten. Sie werden geboren, sie wachsen heran, sie altern und sterben wie die Menschen. Die gleiche Unrast, der gleiche Drang, der sie erstarken, kämpfen und ihre schwächern Nachbarn vernichten läßt, führt später zu ihrem Stillstand, ihrem Verfall, ihrer Sittenverderbnis oder ihrem Sturz durch einen jüngeren und stärkeren Staat. Ihre einzige Rettung ist dann ein rücksichtslos zugreifender Arzt, der sie auf ihren Ursprung zurückzuführen versteht; und nur in diesem Falle können sie weiterleben.

Ihren Ursprung verdanken diese Staaten stets einem einzelnen Manne: einem Helden. Sie entstehen immer durch Gewalt. Der betreffende Held ist weder ein Betbruder noch ein Asket. Er ist ein Mann der Tat. Mag er daneben auch ein Heiliger sein, so ist er doch stets mit einem Knüppel oder einem Schwert bewaffnet. Wehe den Männern, die dem Knüppel keinen Geschmack abgewinnen können oder sich vor dem blanken Schwerte fürchten!

Die Menschen sind ein Lumpenpack. Sie sind lüsterne, brünstige, habgierige, treulose, undankbare und selbstsüchtige Bestien. Ja, noch schlimmer, sie sind in den meisten Fällen geistlose Geschöpfe, die nicht imstande sind, sich für das Gute oder Böse einzusetzen, sind wankelmütig und stets bereit, dem Stärkeren nachzugeben, sind ohne jedes Verantwortlichkeitsgefühl und Opfer des blinden Zufalls.

Diese formlose Masse braucht eine Form, die sie zusammenbäckt und nötigt, weniger tierisch und weniger wankelmütig zu sein. Der Zweig der Kochkunst, der den Menschen ein festes Gefüge zu geben versucht, heißt Politik. Koch ist stets ein Führer. Ob er mit dem Knüppel oder mit einer List vorgeht, ob er sich als Werkzeug Gottes aufspielt oder angeblich mit dem Teufel im Bunde steht – er bleibt stets die Eins, die an erster Stelle steht und den Nullen erst ihren Wert verleiht. Das Menschenpack hat nur zwei Möglichkeiten vor sich: entweder wie Tiere, in Rudel zerstreut, umherzuirren, oder als Menschen in einem geordneten Staat zu leben. Die Gesetze zwingen die Menschen, besser zu werden; sie nötigen sie, ihr Wort und ihre Eheversprechen zu halten; sie veranlassen sie, sich für die Allgemeinheit zu opfern; sie führen zu ihrer Läuterung und Vergeistigung.

Nur wenige sind imstande, dies zu begreifen und zu erstreben. Nur wenige sind für das »Allgemeinwohl« oder das Wohl des Vaterlandes. Und will diese Minderheit das Wohl der Mehrheit in der Tat verwirklichen, so muß sie sich an bestimmte Regeln halten.

Diese Regeln sind in allen Zeiten und an allen Orten die gleichen. Da die Menschen überall dasselbe Gesindel sind, sind auch die Rezepte zu ihrer Bindung sehr begrenzt und fast stets dieselben. Seit den Zeiten der Griechen und Römer bis zu unseren Tagen haben wohl die Führer gewechselt, aber nicht die Regeln; und die Republiken und Monarchien des Altertums arbeiteten nach derselben Methode wie die Republiken und Monarchien der Neuzeit. Wenn ein Heiliger zum Ziel gelangen will, muß er genau die gleichen Kniffe anwenden wie ein Straßenräuber.

Machiavelli betrachtet die Staatswesen, wie sie waren und sind: in ihrer wirklichen Gestalt, ohne Illusionen, mit sachlichem und kühlem Blick. Er hält es für Zeitverschwendung zu erörtern, welche Regierungsform wohl besser sei. Jahrhundertelang hatte man sich gestritten, ob die Monarchie besser sei als die Republik, ob der Papst über dem Kaiser stehe oder unter ihm. Machiavelli wirft mit einem Lächeln die Jahrhunderte über den Haufen und entdeckt neue Welten. Er erfindet das politische Teleskop, bevor Galilei das Himmelsfernrohr erfindet, ergründet kühn, mit scharfem Blick die Konstellationen der Staaten und entdeckt die Gesetze ihres Fortschritts, ihres Werdens und Vergehens.

Die Quelle ihres natürlichen Lebens ist die Tugend der Bürger. Aber worin besteht diese »Tugend«, ein Begriff, den Machiavelli ohne Unterschied auf Roheit und Feingefühl, auf Grausamkeit und

Güte, auf Entschlossenheit und Trägheit, auf List und Strenge, auf Klugheit und Kühnheit anwendet?

Die Tugend Machiavellis ist ganz einfach die menschliche Tatkraft, die Bereitschaft allen Dingen gegenüber, der Wunsch, stets jede Gelegenheit beim Schopf zu packen, handelnd in die Ereignisse einzugreifen und den schöpferischen Wert und das Gewicht der eigenen Persönlichkeit in sie hineinzutragen. Die machiavellistische Tugend ist ein streng moderner Begriff, der keinen christlichen Gehalt hat; sie ist im Gegenteil ein antichristlicher und antikatholischer, weil antiquietistischer Begriff. Diese Tugend ist das Gegenteil der Güte, hat aber auch nichts mit Schlechtigkeit zu tun: sie ist der Inbegriff der Tatkraft, die über Gut und Böse steht.

Dank dieser Erkenntnis und seines einsichtsvollen Lächelns gab er sich keinen trügerischen Hoffnungen über seine Mitbürger hin. Sie waren Menschen wie alle anderen und schrecklich hemmungslos und uneinig. Es gab zu viel Kunst, zu viel Luxus und zu viel Schönheit in Italien, und deshalb auch zu viel Schlaffheit und Erbärmlichkeit. Dieses bedauernswerte Land brauchte einen Mann, der es auf seinen Ursprung zurückführte, unter Umständen sogar mit rücksichtsloser Strenge, der es weniger feig im Kriege und einiger im Frieden machte.

Das größte Hindernis für die Einigkeit und Tapferkeit Italiens erblickte Machiavelli im Papsttum. Eng mit Italien verwachsen, hatte es stets verhindert, daß eine Monarchie die Italiener einigte, wie sie ja auch die Franzosen geeinigt hatte. Das Papsttum war zwar zu schwach, um Italien selbst zu beherrschen und zu einigen, aber doch stark genug, um seine Einigung durch einen anderen zu verhüten.

Es war ferner ein Herd der Sittenverderbnis. Die christliche Religion hätte von großem Nutzen sein können, wenn die Päpste sie nicht so tief erniedrigt hätten, daß niemand mehr an sie glaubte. Die Italiener verdanken es den Päpsten, daß sie so ungläubig geworden sind. Und in Machiavellis Augen war das ein schweres Übel. Ohne Glauben gibt es auch keinen widerstandsfähigen Staat. Es ist nicht nötig, daß der Herrscher selbst an etwas glaubt, aber die Untertanen müssen glauben. Und die Gesetze werden in der Tat nur dann befolgt, wenn sie etwas Geheimnisvolles, Dunkles und Mystisches haben, das sie der menschlichen Kritik entzieht.

Die Italiener mit Gewalt von ihrer Feigheit und mit Frömmigkeit von ihrem Skeptizismus zu heilen, erschien im Augenblick am wichtigsten. Und es wäre nicht einmal besonders schwer gewesen: im einzelnen waren die Italiener tüchtiger als die Bewohner jenseits der Alpen; in ihrer Gesamtheit ließen sie sich unterkriegen. Wo blieb der kühne Fürst, der die Besten des Landes um seine Fahne scharte, sie zu den Waffen rief und Italien die Grundsätze der Römer vor Augen hielt, die Rom in der ganzen Welt so groß und gefürchtet gemacht hatten?

Als Machiavelli eines Tages am Stammtisch wieder von dieser Fahne erzählte, um die sich alle Bewohner des besiegten, ausgebeuteten und geknechteten Italien scharen sollten, fragten ihn seine Freunde: Was für einen Wahlspruch würden Sie eigentlich auf diese Fahne schreiben?

Da tauchte er den Zeigefinger in sein Weinglas, zeichnete eine Fahne auf den Tisch, und in diese Fahne ein Wappen, auf das er mit schönen Schnörkeln schrieb: *Für ein einiges, bewaffnetes, von der Kirche unabhängiges Italien!*

Geliebtes und verächtliches Italien

An einem schönen Oktoberabend schritt Nicolò einmal wie so oft einen schmalen Feldweg entlang, der sich zwischen Äckern und Brachfeldern dahinschlängelte und schließlich auf einer freien Anhöhe endete, von der man halb Toskana überblicken konnte. Dort saß er meistens auf den Stufen einer kleinen Kapelle, die zur Einkehr einlud, und las und ließ seine Blicke auf der Landschaft ruhen, die sich vor seinen Augen ausdehnte.

Er las und seufzte laut bei dem Gedanken an sein trauriges Los oder an die Schicksale Italiens, die ihn ebenso traurig stimmten. Er konnte seine Vaterstadt Florenz sehen, die er nicht mehr betreten durfte, die Hänge der Sechietta, breit wie die Hüften einer Bäuerin aus den Bergen, den Kamm des Muggelleser Gebirges, fast gradlinig und gezackt wie eine Festungsmauer, und Hügel über Hügel, gekrönt von Dörfern oder Burgen. Er hatte jenes Gebirge überquert und kannte jene Burgen und Dörfer, ihre Herren, ihre Märkte, ihre Gastwirte und ihre Bewohner. Er murmelte den Namen jedes Dörfchens, jeder Burg und jeder Gemeinde vor sich hin, wie eine alte Weise, die einem plötzlich wieder einfällt. Kleine Machthaber, aufgeblasene kleine Tyrannen, unauslöschlicher Familienhaß, blutige Gefechte und Vertreibungen, die zur Verwüstung und Entvölkerung der Dörfer geführt hatten, Handels- und Kirchturmsstreitigkeiten tauchten vor seinem zornig in die Vergangenheit schweifenden Geiste auf. Sein Blick glitt über das Muggelleser Gebirge in die sonnige Romagna hinab und von dort in die Poebene, reich an Städten und Befestigungen; oder er ließ ihn vom San-Donato-Paß ins obere Arnotal hinabeilen und von dort mit einer raschen Wendung nach Arezzo, nach Chiana, nach Umbrien und Latium, einem berüchtigten Seuchenherd, und noch weiter, bis zu den öden Gegenden im Süden. Und überall war es das gleiche Lied: überall herrschte Zwietracht und Streit und Kampf und Bürgerkrieg; überall gab es wohl persönliche Vorzüge, aber weder ein Gesetz noch eine Staatsform, die sie zusammenfaßte; überall fehlte es an Einigkeit und einem gemeinsamen Gott, bei dem man schwören konnte; überall lag das Land wehr- und schutzlos da, auf allen Seiten den Fremden preisgegeben.

Er freute sich an dem leuchtenden Oktobertag. Die Sonne, die jetzt schon ziemlich tief stand und sich bereits zum Untergange neigte, erfüllte die Luft mit ihrem Licht und ihrer Wärme, ließ jede Erhebung klar hervortreten, vergoldete das welke Laub und funkelte in den Fenstern und auf der Fahnenstange eines Bauernhauses in der Ferne. Und tief bewegt von so viel Schönheit und Erbärmlichkeit, rief er auf einmal aus: »Geliebtes und verächtliches Italien!«

Geliebtes und verächtliches Italien, wollte er sagen, du bist zwar der Garten Europas, aber dir fehlt eine schöne Dornenhecke, zum Zeichen, daß du irgend jemand gehörst; dir fehlen ferner schöne Wege im Innern, die für Ordnung und für gleichmäßige Bepflanzung und Bewässerung sorgen! Könnte ich dir doch zu dieser Hecke verhelfen! – Und all seine Erlebnisse als Knabe, als Bürger, als Botenreiter, als Rekrutierungskommissar und als Gesandter fielen ihm wieder ein; er erinnerte sich, daß es beim besten Willen nicht möglich war, diese Italiener zur Einigkeit zu bewegen. Sollte er also an ihnen verzweifeln? Sollten sie immer den Barbaren preisgegeben bleiben, die nur dem Namen nach Menschen waren? Und die Freiheit? Was nützte die Freiheit, wenn sie die Knechtschaft zur Folge hatte? Was taugte jene Willkür, die die Italiener hartnäckig als Freiheit bezeichneten? Was taugten jene sogenannten freiheitlichen Regierungen, die heute in der Hand der Geistlichen und morgen in der Hand der Patrizier waren, heute in der Hand der Krämer und morgen in der Hand der Wechsler, heute in der Hand der Söldner und morgen in der Hand der Fürsten, die alle ihre Macht nur dazu benutzten, um die andern ihrer Freiheit zu berauben? Einigte man Italien, löste man seine Parteien auf und reinigte es von aller Ehrsucht und Feindschaft, so raubte man ihm nicht seine Freiheit, sondern gab sie ihm zurück. Auch wenn der eine oder andere dabei sein Leben lassen mußte.

Die Italiener sind lauter Narren, sagte er sich. Und Narren verdienen Prügel und Ketten. Man muß sie fesseln und ihnen das Fell vergerben. Ich sehe den Narrenstock schon durch die Luft wirbeln.

Und er glaubte tatsächlich zu sehen, wie er angewirbelt kam, in einer schwarzen Gewitterwolke, die immer näher rückt, die Sonne verdunkelt, den Tag zur Nacht macht und schließlich alles entwurzelt, zu Boden reißt und zermalmt.

Der Narrenstock ist lang, dick, schwarz und knorrig. Man sieht ihn im Sturm daherfegen. Er ist der Kern und die Seele dieses Sturms. Leicht nach rechts geneigt, verdickt er sich allmählich gegen das obere Ende zu und endigt in einem unförmigen Knauf, an dem noch die Ansatzstellen und Augen der abgeschnittenen Äste zu sehen sind. Er ist ein planmäßig zugeschnittener Stock, ist gleichsam das As der Stöcke, der *Schwarze Peter* beim Kartenspiel, der König der Stöcke, der Meisterstock, der Knüppel oder *Knüppel aus dem Sack*.

Pfeifend wirbelt der *Knüppel aus dem Sack* durch die Luft, kommt drohend immer näher, saust schließlich von oben und von der Seite auf Schultern, Köpfe, Hinterteile, Rippen und Beine herab, hinterläßt blaue Flecken, schlägt Glieder und Wirbelsäulen entzwei, tötet und verwundet, wirbelt pfeifend immer weiter und fällt über alles her.

Ein ganzes Volk von Rücken wendet sich zur Flucht und wird von ihm ereilt. Niemand entgeht ihm. Jeder kommt an die Reihe. Mit gekrümmtem Rücken hält Italien ihm den Steiß hin, um die verdiente Tracht Prügel zu beziehen.

An allen Ecken und Enden hagelt es Schläge, heimlich und öffentlich, auf den Plätzen und Gassen, in den Palästen und auf den Feldern.

Stangen und Schlegel, Mistgabeln und Dreschflegel, Keulen und Nudelhölzer, Ochsenziemer und Knotenstöcke, Kleider- und Teppichklopfer, Ruten und Holzscheite verbläuen den Italienern das Fell und klopfen den Staub aus ihren Kleidern und Gewissen, daß die Fetzen durch die Luft fliegen. Die Klopferei nimmt kein Ende, wie beim Matratzenmacher, der unermüdlich zuschlägt, ohne Atempause und ohne Unterschied. Aber schließlich ist die Matratze wieder sauber und weich und fein säuberlich zugenäht. Italien ist wieder instand gesetzt und gründlich ausgeklopft, gereinigt und gelüftet.

Dann ließ der Sturm plötzlich nach, der Knüppel verschwand, die

Sonne kam wieder zum Vorschein und ließ einen goldenen Schimmer auf den Berggipfeln und am Himmel zurück, einen hellen Schein, der nur ganz allmählich verblaßte und nie ganz verglomm, den man noch viele Stunden nach Sonnenuntergang in irgendeiner Himmelsecke zu entdecken glaubte. Machiavelli ging nach Hause, mit dem zugeklappten Ovid in der Hand, einen Finger als Lesezeichen zwischen die Seiten des Buches klemmend. Und es sah fast so aus, als sei er nach dieser Vision noch ernster geworden.

Zu Hause zog er seinen staubigen Werktagsanzug aus, schlüpfte in seinen Sonntagsstaat, den er früher bei Hofe getragen hatte, und betrat seine Arbeitsstube. Dann nahm er den Gänsekiel zur Hand und begann bedächtig an seinem *Principe* weiterzuschreiben, indem er seine Vision zu feierlichen Worten umformte und seinen Fürsten dazu ermahnte, Italien von den Parteien und den Barbaren zu befreien.

Welchen Schuh zog Machiavelli zuerst aus

Obwohl ich euch schon viele Dinge aus dem Leben Nicolòs erzählt habe, die ihr selbst in den berühmtesten Biographien nicht gefunden hättet, gibt es doch immer noch einige, die ich beim besten Willen nicht enträtseln kann. So zum Beispiel die Frage: Welchen Schuh zog Machiavelli abends zuerst aus?

Bekanntlich gibt es zwei Gruppen von Menschen: solche, die zuerst den linken Schuh ausziehen und dann den rechten; und solche, die zuerst den rechten ausziehen und dann den linken. Der rechte Fuß ist sozusagen näher bei der Hand, ist uns scheinbar vertrauter. Der linke ist ein wenig weiter weg, aber dafür scheinbar leichter mit der rechten Hand erreichbar. Aus diesen Verschiedenheiten ergeben sich verschiedene Gewohnheiten der Menschen.

Solche Einzelheiten erscheinen ziemlich nebensächlich, und ihr werdet mir sicher verzeihen, daß ich mir nicht Klarheit über sie verschaffen konnte. Nur Marietta oder Barbara hätten mir genauen Aufschluß darüber geben können, aber sie sind leider schon lange tot und dachten nicht daran, daß dies irgendeine Bedeutung haben könnte.

Ich meinerseits bedauere dies freilich sehr, weil ich glaube, daß bei großen Persönlichkeiten nichts übersehen werden sollte, und weil ich der Ansicht bin, daß ihr Geist in allem ersichtlich ist. Nicht nur die Werke offenbaren ihre Weltanschauung! Nein, auch die Art, wie sie den Hut abnehmen, bestätigt ihre Philosophie, da sich beim Menschen alles auf einen Gedanken zurückführen läßt und sein Geist aus allem spricht.

So hätte der klar ausgeprägte, tief wurzelnde und allumfassende Atheismus Machiavellis sich zum Beispiel auch in kleinen Einzelheiten seines Privatlebens auswirken können, die niemand beobachten konnte und die wir daher auch nicht benützen können: sagen wir in der Art, wie er abends seine Strümpfe abstreifte oder sie morgens anzog.

Man behauptet zwar, das sei nichts als Dienstbotenklatsch, und jeder große Mann schrumpfe in den Augen seiner Lakaien zusammen. Hm! – als wenn dies nicht die interessanteste Seite an dem großen Manne wäre: ich meine, daß er einen großen Geist besitzt und im übrigen ein kleiner, armseliger Alltagsmensch ist, der an Juckreiz, Erkältungen und Blähungen leidet und seine Schulden und Liebeshändel hat, genau wie wir; und doch auf andere Weise, weil ein großer Mann, selbst wenn er sich nur auf dem Kopf kratzt, etwas Besonderes und Unnachahmliches behält.

Damit will ich sagen, daß ein großer Mann auch groß bleibt, wenn er seine Suppe löffelt, seine Frau küßt, sich die Hände wäscht oder die Hosen auszieht. Man studiert doch auch Schriftzüge, Handflächen, Flecken auf den Nägeln, Haupt- und Barthaar, Höcker, Ohren, Schielaugen, Wänste, Runzeln und Warzen, liest das Horoskop von ihnen ab, wahrsagt aus ihnen und zieht Schlüsse auf die Zukunft und auf den Charakter. Warum sollten also nicht andere Teile, andere Formen, andere Erscheinungen und andere Erkenntnisse des Körpers den gleichen Wert besitzen? Sagt man nicht auch im Volksmund, daß die Buckligen Glück bringen, daß die Häßlichen böse sind, daß rotes Haar ein Zeichen von Tücke sei, daß wulstige Lippen auf Sinnlichkeit schließen lassen, daß ein fester Händedruck von redlicher Gesinnung zeuge, daß ein keck im Nacken sitzender Hut auf Übermut deute? Warum sollte man sich also nicht auch andere Gesten, Eigenschaften und Gewohnheiten des menschlichen Körpers einprägen und vor Augen halten, in denen der Mensch unbewußt am deutlichsten seinen wahren Charakter verrät?

Aber leider kann ich nur noch einmal betonen, wie sehr ich bedauere, daß ich derartige Einzelheiten aus Machiavellis Leben nicht entdecken konnte, die unsere Analyse noch näher erläutern und bestätigen könnten. Zum Ersatz dafür darf ich mich vielleicht ein wenig bei der Küche in Machiavellis Haus verweilen, von der das folgende Kapitel handelt, das nach den vorausgegangenen Bemerkungen nicht ganz überflüssig erscheinen wird.

In den ersten Jahren des sechzehnten Jahrhunderts hatte die Florentiner Küche, die sich schon eine ganze Weile von der überladenen, derben, nur für den Magen und nicht auch für den Gaumen berechneten Kost des Mittelalters losgesagt hatte, schon einige ihrer unsterblichen Leibgerichte ausgetüftelt, die sie seitdem nicht weiter vervollkommnen, sondern lediglich bewahren konnte.

Laß dich blicken, saftige Schmorrippe, herausgelöst aus einem jungen Rind und auf dem Roste schön gebräunt; du ähnelst einer weißgeäderten roten Marmorplatte und wirst auf einem lodernden Holzkohlenfeuer von beiden Seiten so lang gebraten, bis die Spuren der Roststäbe auf dir zu sehen sind, und dann mit ein paar Tropfen Öl, mit etwas Pfeffer, Salz und brauner Petersilie gewürzt; laß dich ruhig blicken und schau dem blutigen englischen Roastbeef und dem überkrusteten Milaneser Kotelett furchtlos ins Gesicht; du brauchst den Vergleich mit ihnen bestimmt nicht zu scheuen.

Und auch du laß dich blicken, Pistojeser Bohne, schalenlose Pferdebohne, weiß wie der Schnee der Berge, die du im Frühling noch in das Tal herabdräun siehst, in dem du keimst; zarte Bohne, nicht mit Sodawasser überbrüht, wie die hastigen Hausfrauen dies zu tun gewohnt sind, sondern mit einer Knoblauchzehe und einem Salbeiblatt in einem kleinen Topf voll Wasser langsam gargekocht; laß dich ruhig blicken, dampfend, geschwenkt in etwas frischem Öl und schmackhaft gemacht mit zwei Tropfen Essig und einer Prise Pfeffer; ja, laß dich ruhig blicken mit deinem sanft gerundeten Bäuchlein, und vergiß nicht, daß du die Florentiner unsterblich gemacht hast:

*Fiorentin mangia fagioli / leccapiatti e ramaioli**

Und auch du steh' nicht zurück, Arista auf Florentiner Art, der sich im Jahre 1439 das Herz der griechischen *Pappas*** im Sturm

* Italienische Redensart: »Ein Bohnenesser ist der Florentiner, ein Teller- und Löffellecker.«

** Eine griechische Sekte

eroberte, die aus dem trostlosen Basel nach Florenz flüchteten, um dort über eine Verschmelzung der christlichen Religionen zu verhandeln; von ihnen empfingst du den Namen *àrista*, das heißt: das Beste vom Besten, einen Namen, den du auch später behieltst; steh' nicht zurück, leckerer Schweinsrücken, mit Muße im Herd schön knusperig gebraten, mit Rosmarinzweiglein, Knoblauch und Nelken gespickt und mit Salz und Pfeffer bestreut; man pflegt dich kalt zu essen, weil du dann besser schmeckst; du bist ein Mittelding zwischen Braten und Pökelfleisch und hältst dich wochenlang frisch und rosig; hab' also keine Angst, du könntest vor der Mortadella, der Salami, dem Schinken und der Zervelatwurst nicht bestehn.

Ich habe euch als Leibgerichte der toskanischen Küche zitiert, die auch die Küche Machiavellis war: eine leichte, fettarme und schmackhafte Küche, voll Esprit und Duft, wie geschaffen für Leute, die einen lebhaften Geist ihr eigen nennen und keinen Schmerbauch bekommen wollen. Eine Küche, die weder das Risotto noch die Makkaroni erfand, die alle Fette verschmähte, die den Bratspieß, den Rost und das offene Holz- und Kohlenfeuer in Ehren hielt, die für das Backen ohne Schmalz und für das Braten ohne Sauce war.

Ihr könnt bezeugen, daß Nicolò Machiavelli wie alle ernsten Menschen nicht viel Zeit aufs Essen verschwendete, daß er aber wie alle weisen Menschen auch den Genuß und die Schönheit einer festlich geschmückten Tafel zu würdigen verstand; daß er lieber in Florenz ein Hühnchen oder eine Gans schmauste, statt auf dem Lande oft nur von Nüssen, Feigen und Bohnen und Speck zu leben; daß er im Notfall aber auch mit Wasser und Brot vorlieb nahm; daß er sich freute, wenn er von seinem lieben Casavecchia frische Forellen geschickt bekam; daß er sich aber auch eben so gern mit Hammelfleisch begnügte, wenn er es nur in Gesellschaft von vier guten Freunden verzehren durfte; und daß er stets mehr auf die Würze des Gesprächs sah als auf ein reichliches Mahl.

Nicolò fügte sich in die schmale Kost genau so gut wie in sein politisches Schicksal; mußte er altes Brot essen, so dachte er an das frische Brot, das er vielleicht schon morgen oder übermorgen wieder schmausen würde.

Ich kann mir denken, daß er sowohl zu Hause als in den Gasthäusern öfters in die Küche ging. Ich sehe ihn mit der Bratpfanne und dem Kochlöffel in der Hand am Herd stehn, sehe ihn sorgfältig aufpassen, damit ein Gericht aus Artischocken, Hühnerfleisch und Kalbsmilch die richtige Bräune bekomme. Er mag auf seinen Reisen des öfteren das Rezept eines Puddings oder einer pikanten Sauce auf einem Zettel aufgeschrieben haben, um es den Frauen zu Hause mitzubringen. Ich sehe, wie er mit einem Lächeln auf den Lippen seine Tischgäste fragt, wie ihnen das von ihm selbst zubereitete Hühnerragout geschmeckt habe, mit der gleichen Unruhe, mit der er seine Freunde nach ihrer Meinung über die *Vita di Castruccio Castracani* oder die *Commedia di Messer Nicia* fragte.

Machiavelli war für das Kochen mit Öl, das eine der wichtigsten natürlichen Grenzscheiden in der ganzen Welt bildet: Menschen, die mit Öl kochen, und Menschen, die mit Butter kochen! Das hört sich fast noch schlimmer an, als wenn man sagt: Weiße und Schwarze, Christen und Juden, Bolschewisten und Kapitalisten!

Machiavelli wußte mit dem Öl genausogut umzugehen wie mit der Butter. Er beherrschte nicht nur eine einzige Sprache. Aber er konnte seine Abstammung nicht vergessen. Sein Stil hatte viel mit dem Ölbaum gemein: er war straff, trocken und schattenarm wie dieser, war gehaltvoll und saftig wie dessen Frucht.

Er wollte seine Ölbäume und ihre Früchte nicht wegen irgendeiner günstigen Gelegenheit verlassen, die sich ihm bot; und trotz der Folter und Verbannung soll er einmal jemand, der ihn aufforderte, nach Frankreich auszuwandern, zur Antwort gegeben haben:

»Lieber in Florenz an einem Messerstich sterben als in Fontainebleau an einem Magenleiden!«

Marietta schüttet ihr Herz aus

Achtung, liebe Leserinnen! Achtung, all ihr Frauen, die ihr mit einem Schriftsteller, Künstler, Philosophen oder Intellektuellen verheiratet seid! In diesem Kapitel ist von euch die Rede. Denn mehr oder weniger seid ihr ja alle in der gleichen Lage wie Marietta, seid alle an einen solchen Teufelskerl gekettet, an ein solches Zerrbild der Natur, an ein solches Scheusal in Menschengestalt, an einen sogenannten Geistesmenschen, der stets in »höheren Sphären« schwebt und der Ruin jedes ruhigen Lebens und jedes geordneten Haushaltes ist. Ich bemitleide euch, ihr armen Ehefrauen, und gedenke euere Verteidigung zu übernehmen, indem ich Marietta, die Gattin Nicolòs, verteidige.

Sie allein könnte erzählen, wieviel sie aushalten und was sie alles erleben mußte an der Seite eines launischen, unmöglichen und schrullenhaften Manne, der ganz Gehirn war und voll närrischer Einfälle, der die Welt in seinem Sinne ummodeln wollte, die doch ganz anders war. Ich werde dich verteidigen, Marietta, und dich über alle anderen Frauen erhöhen, weil du Nicolò sein Kreuz tragen helfen mußtest.

Ja, neben einem Geistesmenschen zu leben, ist keine Kleinigkeit. Heute geht ihm die Arbeit von der Hand, und helle Freude herrscht im Hause: die Kinder bekommen neue Spielsachen, die Frau ein Halsgeschmeide, die Magd ein gutes Trinkgeld, der Maulesel einen Bund duftendes Heu; morgen stockt die Feder, und der Himmel verfinstert sich, man möchte fast meinen, der König sei gestorben: die Kinder beziehen eine Tracht Prügel, die Frau Schelte, die Magd einen Anschnauzer, und der Esel im Stall kann stundenlang zornig den Boden stampfen.

Ja, ich nehme dich in Schutz, Marietta! Wackere, gute, treue, vernünftige und verträgliche Marietta! Du hattest siebzig Zentimeter Taillenweite und vier Kinder, als sich Nicolò nach dem Sturz der Volksregierung aufs Land zurückzog und den *Principe*, die *Mandragola* und den *Belfagorre* zu schreiben begann.

Bei diesem Namen fällt mir ein, daß Marietta an dieser Geschichte weder beteiligt noch schuld ist. Das Abenteuer des *Belfagorre* berührt sie nicht, auch nicht ein bißchen.

Belfagorre war ein Teufel, der auf Erden die Sünden erforschen sollte, zu denen die Frauen ihre Männer veranlassen; zu diesem Zweck verheiratete er sich in Florenz; sein Weib war eitel, tyrannisch, nörglerisch, eingebildet, verschwenderisch, argwöhnisch, giftig, gewöhnlich, ausfallend, zänkisch und zerfahren, kurzum das unerträglichste Weib der Welt, der Schrecken des Gesindes, der Nachbarn und der Freunde, so daß Belfagorre, nachdem er durch sie aus einem schwerreichen Mann zum Bettler geworden und schließlich sogar in den Schuldturm geraten war, lieber wieder in die Hölle zurückkehrte, um nur ja nicht noch eine Minute länger bei ihr ausharren zu müssen.

Als es Marietta zu Ohren kommt, daß Nicolò diese Erzählung angeblich nur geschrieben habe, weil er mit ihr unzufrieden war, gerät sie in Wut und läßt sich nicht mehr beschwichtigen: man muß sie reden lassen:

Was hab' denn ich mit dem verwünschten Belfagorre zu tun? Was gehen denn mich die Abenteuer eines Teufels an? Vor allem hat Nicolò selbst mir immer wieder beteuert, er werde in einer Fußnote darauf hinweisen, daß diese dreimal verfluchte Geschichte weder seine eigene Frau berühre, noch die Frauen der Zeitgenossen oder der Leser. Aber davon ganz abgesehen – was hab' denn ich mit diesem Weib zu tun, das der Teufel holen soll? Ich, die arme Marietta, die Tochter Ludovico Corsinis, die geduldig alle Launen, Narrenpossen, Reisen, Schrullen und Kinder dieses Unglücksmenschen hinnahm, den alle Leute für einen großen Mann erklären? Vielleicht ist er es wirklich, obwohl ich selbst nie und nimmer etwas davon merkte; denn trotz aller Schreiberei, trotz allem Katzbuckeln und Liebedienern vor den Großen mußte er sich jeden Gulden sauer, im Schweiße seines Angesichts verdienen, und einen glatten Gewinn machte er, soviel ich mich entsinnen kann, nur ein einziges Mal, als er in Venedig in der Lotterie spielte und dreitausend Gulden nach Hause brachte, gar nicht zu reden von denen, die er unterwegs mit seinen Weibern verpraßte, diesem Lumpenpack, das unser Herrgott strafen möge! Ich will nicht behaupten, daß er ein schlechter Mensch war, nein, das kann ich wirklich nicht behaupten. Denn er war immer gut zu mir und seinen Kindern und ließ uns nichts abgehen, soweit es in seiner Macht stand. Er war – wenn ich die Wahrheit sagen soll – ein Heide, ein Ketzer, ein Jude, ging weder zur Predigt noch zur Messe, aß Freitags unbedenklich Fleisch, sogar am Karfreitag, und zog über Pfarrer, Mönche und Nonnen her, ja selbst über den Heiligen Vater – Gott möge ihm verzeihen! Aber im Grunde war er frömmer als so mancher Mönch, den ich kennenlernte, und hatte ein weites, großzügiges Herz und eine offene Hand. Den Kopf verdrehten ihm nur jene Schmöker, mit denen er sich abends in seinem Zimmer einschloß statt seine Andacht zu verrichten; seine Freunde, die ihm alle möglichen Grillen und Schrullen einredeten; ferner die Vorstellung, daß er ein geborener Politiker sei. Er hätte lieber auf mich hören sollen, hätte lieber mit seinem Neffen das Land bereisen und Stoffe verkaufen sollen. Stattdessen gondelte er in der ganzen Welt umher, in Frankreich, in Deutschland, in der Lombardei, in Gegenden, wo es nicht einmal Straßen gab und ihn ein Brief erst nach einem Monat erreichte, wo er stets Gefahr lief, sich eine Krankheit zu holen und zu sterben; und wäre er wirklich gestorben, so hätte mir der Rat der Neun bestimmt keinen Pfennig bezahlt, diese saubere Behörde, die nur in endlosen Kriegen anderen Leuten das Geld aus der Tasche zu stehlen versteht. Kurzum, ich kann wohl ruhig sagen, daß ich meinen Nicolò erst richtig zu Gesicht bekam, als er aufs Land zog; und dort stellte ihm wieder diese verfluchte Witwe nach, und er trieb sich oft tagelang auf den Feldern und im Wald herum und schrieb, als wäre er noch ein feuriger Jüngling, mit seinen fünfundvierzig Jahren Liebesgedichte und schickte sie ihr durch Capitìno, der sie mich erst lesen ließ, bevor er sie zu der Schönen trug.

Narrenpossen! Lauter Narrenpossen! Ich würgte sie stets stillschweigend hinunter, weil ich genau wußte, daß diese Geisteshelden mitunter ihre Phantasie austoben müssen, und daß manche Weiber wie ein Glas Wein sind, das gut tut, wenn man Durst hat; nur darf man sich nicht daran berauschen.

Ach du lieber Gott, ich hätte mich ja tot ärgern können, wenn ich eifersüchtig gewesen wäre. Ich sah ihn mehr als einmal bis über die Ohren verliebt: in die Salandra, die Riccia, die Mariscotta, die Witwe aus Impruneta und die Barbara und all die andern, die ich gar nicht kannte; denn in jedem Ort, in den er kam, ließ er sich von irgendeinem Weibe ködern. Er achtete gar nicht darauf, der arme Tropf, ob die Frucht vom Baum gepflückt war oder vom Boden aufgeklaubt, ob sie frisch war oder faul. Er hatte einen gesegneten Appetit. Er war ein großer Schlingel, der nicht viel Federlesens machte, wenn sich ihm eine günstige Gelegenheit bot, und nicht einmal den Mantel auszog. Aber wenn er der Kochtöpfe zu Hause auch manchmal überdrüssig wurde, so kehrte er schließlich doch immer wieder reuig zu ihnen zurück – das weiß ich aus Erfahrung! Und deshalb verzieh ich ihm und behielt ihn trotzdem lieb.

In den letzten Jahren wurde er allmählich abgeklärter und kümmerte sich mehr um seine Kinder. Er war hocherfreut, daß Guidino Musik und Gesang studierte, fragte ihn jedesmal, wenn er nach Hause kam, was er aus den *Metamorphosen* gelernt habe, und hörte ihm ganz begeistert zu. Dann küßte und herzte er ihn und empfahl ihm, sich ein gründliches Wissen anzueignen, weil ihm das bißchen Wissen, das er besitze, große Ehre in der Welt eingetragen hätte.

Aber da war ein gewaltiger Irrtum; denn all sein Studieren und Lernen führte zu gar nichts. Das waren lauter Luftschlösser, die er da baute und zu denen ihn die Komplimente der hohen Herren und Kardinäle immer wieder anregten, denen er so eifrig um den Bart ging. Sie versprachen ihm alle eine gute Stellung; aber wenn sie ihm dann wirklich in den Sattel helfen sollten, bot sich entweder keine Gelegenheit dazu oder er war gerade nicht zur Stelle, und auf die eine oder andere Weise fanden sie schon immer einen Weg zum Rückzug. So blieb er schließlich, was er war, starb als armer Mann und ließ uns in der tiefsten Not zurück.

Nun werdet ihr wahrscheinlich sagen, daß man dafür in der Welt an allen Ecken und Enden von ihm spricht, in allen Sprachen, auch in der türkischen; und das mag seine Richtigkeit haben. Aber das ist ein schwacher Trost für eine Witwe.

Jedenfalls müßt ihr jedoch zugeben, daß ich ihn noch immer lieb habe und daß ich nichts mit der Geschichte des *Belfagorre* zu tun hatte; nein, auch nicht das mindeste.

Nicolò lebte also eine Weile auf dem Lande, und später, als er seine Verbannungsstrafe verbüßt hatte, auch wieder in Florenz; aber eigentlich doch mehr auf dem Lande als in Florenz. Und da er nichts anderes zu tun hatte, schrieb er in dieser politisch unfruchtbaren Zeit das beste seiner Werke. Er schrieb die schönste Prosa in Italien und die mittelmäßigsten Verse; er schimpfte auf die Menschen im allgemeinen, ließ aber seiner Spottsucht gegen alle leichtfertigen Frauen, dummen Quacksalber, verliebten Narren, boshaften Schmarotzer und kupplerischen Mönche vor allem in seiner *Mandragola* freien Lauf, einem Meisterwerk der italienischen Bühnenkunst - geschrieben für Leute, die einen derben Spaß verstehn -, einer der schönsten Komödien auf der ganzen Welt, die ihrem Verfasser einen Ehrenplatz zwischen Aristophanes und Molière sichert.

Wenn Machiavelli in Florenz weilte, fand er im Park der Rucellai Erholung. Heutzutage würden wir ihn wohl nur als einen Garten bezeichnen. Und auch damals trug er schon den von dem lateinischen Worte *hortus* abgeleiteten Namen *Orti Oricellari:* »Lackmusgärten«. Dieser scheinbar so hochtrabende Name rührt von einem Färbereirezept her, durch das die Familie Rucellai aus Florenz reich geworden war. Damals verliehen den bescheidenen Namen eben noch die großen Dinge einen erhabenen Klang, während wir heutzutage nach großen Namen suchen, um den kleinen Dingen Gewicht zu verleihen.

Cosimo Rucellai, ein reicher, aber bedauernswerter Mann, mußte sein Leben im Krankenstuhl verbringen, weil er gelähmt war; und er fand nur im Gespräch mit seinen Freunden Trost, zu denen auch Machiavelli zählte. Er empfing sie in seinem Garten, wie ein Königssohn aus »Tausendundeiner Nacht«.

In manchen Ländern des Orients entspricht der Garten etwa unserem Empfangszimmer. Keine wohlhabende Familie möchte auf ihn verzichten. Der Gast betritt nicht das Haus, er wird im

Schatten einer Platane oder hoher Bambusstauden empfangen. In ihrem Schatten, neben einer Quelle, trinkt man Tee; die Erfrischungen wandern von Busch zu Busch; und die Vögel kommen von den Bäumen herabgeflogen, um die Brosamen aufzupicken und an jenem Quell ihren Durst zu stillen. Auch die hohe Schule der Weisen, in der Priester, Philosophen und Propheten zu einem Ganzen verschmelzen, tagt in einem solchen Garten.

Und auch die Griechen pflegten unter einer Säulenhalle oder in einem Garten zu philosophieren, langsam auf und ab wandelnd oder an einen Baum gelehnt.

Aber als die Philosophie allmählich aus dem Morgenlande nach dem Abendlande, aus dem Süden nach dem Norden vordrang, zog sie sich in geschlossene Räume mit gut abgedichteten Fenstern zurück, damit auch nicht das leiseste Geräusch von außen sie stören könnte; und nachdem sie sich so von der Außenwelt und ihren Schicksalen abgewandt hatte, begann sie an der Schwelle der Innenwelt auf die allerfeinsten Schwingungen eines Lebens zu lauschen, von dem wir nicht einmal wissen, ob es uns oder irgendeinem anderen gehört.

Zu Machiavellis Zeit lebte sie noch im Freien. Der aus dem öffentlichen Leben von Florenz verbannte Geist flüchtete sich in die Gärten; und da er nicht offen von einer Altane des Signoriapalastes zu den Massen reden durfte, flüsterte er heimlich unter den Nadeln der Küstenkiefern.

Ich habe die Lackmusgärten stets nur von der Straße aus gesehen und muß euch leider gestehn, daß ich sie nicht beschreiben kann. Das bedauere ich sehr, zumal wenn ich bedenke, daß dort vielleicht noch Bäume stehn, die Nicolò einmal umschlungen hielt oder in deren Rinde er mit einem kleinen Federmesser seine Initialen schnitt, eng verflochten mit denen der Sängerin Barbara. Aber wie dem auch sei, ich war noch nicht in diesen Gärten und möchte auch nichts vorflunkern. Wer kennt im übrigen nicht irgendeinen von den vielen Gärten in Florenz? Wer sah nicht schon einmal, wenn er durch eine Gasse ging, plötzlich den Wipfel einer Pinie über eine Mauer ragen, die Krone einer Magnolie mit ihren leuchtendweißen Blüten, den schlanken Stamm einer Zypresse, an der im Frühjahr all die kleinen goldenen Zapfen schimmern? Das ist doch gerade das Herrliche und Märchenhafte an dem alten Florenz, und ich kann mir nichts Schöneres denken, als durch gewisse Straßen zu streifen und sich vom Zufall zu einem jener Wunder führen zu lassen, die das Herz für einen ganzen Tag mit Seligkeit erfüllen, und dann ein paarmal um dieses Wunder herumzuschlendern, als könnte man sich gar nicht daran satt sehen.

Cosimos Vater hatte auf jenem Grundstück, das früher nur eine verwilderte, gestrüppreiche und sumpfige Niederung war, viele seltene Gewächse und unbekannte Baumarten anpflanzen lassen, die er unter großen Schwierigkeiten aus fernen Ländern einführte; er hatte es mit Statuen, Reliefs, Obelisken, Denksteinen und römischen Hermen belebt, die er aus Fiesole und Volterra herbeischleppen ließ; er hatte Kaninchen, Hasen, Hirsche, Eichhörnchen und Stachelschweine in ungestörter Freiheit auf ihm großgezogen; er hatte viele immergrüne Nadelhölzer in ihm angesiedelt, Obstbäume, die zu jeder Jahreszeit Früchte trugen, Zitronen- und Orangenspaliere und Buchsbaumhecken; und er hatte schließlich für zahlreiche Brunnenspiele und Quellen gesorgt, die ja die Seele der Gärten und Wälder sind. Weinlauben, Rebengehänge und Kürbisranken an den Bäumen vervollständigten dies Paradies, das in der Nähe des Stadttors liegt, das nach Prato führt.

Im Garten der Rucellai wurde eigentlich wenig Politik getrieben. Es mochte sich wohl hin und wieder ein Mediceer in ihn verirren, aber Tugendbolde waren niemals unter den dort Versammelten zu finden; und besonders die Professoren, Unwissenden und Leichtgläubigen wurden weidlich ausgelacht und verspottet. Eine gewisse Opposition gegen die offizielle, vom Staat bezahlte Philosophie machte sich dort geltend, angeregt durch die Spottsucht soviel kritiklustiger Geister. Sie waren zwar keine Revolutionäre, aber doch alle ziemlich lose Mäuler.

So sagte Machiavelli einmal im Laufe eines solchen Gesprächs von einer Zierde der Florentiner Universität, einer Art Pico della Mirandola, der Bücher über Bücher voll unverdautem Wissen angehäuft hatte: »Er weiß wirklich alles; schade, daß er sonst nichts weiß!« Und als man ihm bei einer anderen Gelegenheit erzählte, daß die Fakultät die Arbeit eines jungen Mannes, die zwar reich an Ideen, aber arm an Zitaten war, ziemlich ungünstig aufgenommen hätte: »Der Schüler handelte falsch; vor der Gelehrtenzunft erscheint man nicht mit einem Buch, sondern mit einer These.«

Natürlich rächten sich die siebengescheiten Gelehrten an Machiavelli, indem sie ihm voll Begeisterung seine Irrtümer nachwiesen, seine Plagiate aufzählten und seine »Lügen« an den Pranger stellten; und als er die *Vita di Castruccio Castracani* herausgab, eine Art historische Erzählung, in der er die Gestalt des edlen Tyrannen und tapferen Streiters verklärte, begruben sie ihn unter einer Lawine von abfälligen und gehässigen Rezensionen und warfen ihm sogar Mangel an Vaterlandsliebe vor, weil er einen Feind der Florentiner verhimmelt hätte; das ändert freilich nichts an der Tatsache, daß man diese »Lebensbeschreibung« als ein Ruhmesblatt der Florentiner Geschichte und Mundart auch heutzutage noch gerne liest, während ihre Rezensionen in den staubigen Akten der heutigen Universitäten modern.

Die Lieblingsbeschäftigung der gebildeten jungen Leute, die Cosimo Rucellai in seinen Garten einlud, war die Diskussion. Ein geistig gut geschulter Mensch muß über alles diskutieren können, und ich bin überzeugt, daß dort stets ein ehrlicher Wettstreit herrschte, und daß Nicolò zu denen zählte, die am gewandtesten sprachen. Er scharte auch dort einen Kreis von Freunden und Bewunderern um sich, der geistig über der kleinen Schar in der Ratsschreiberei stand, und seine besten Freunde, die mit Glücksgütern reichlich gesegnet waren, griffen ihm auch in jenen schweren Jahren unter die Arme.

Aber als Mann von Welt bezahlte er seine Schulden, indem er Zanobi Buondelmonti und Cosimo Rucellai die *Discorsi sopra le Deche di Tito Livio* widmete, »nicht als wenn sie wirklich Fürsten wären, sondern als wenn sie verdienten, Fürsten zu sein«. Abgewiesen von den Fürsten und Republiken, hatte Nicolò nun endlich eingesehen, daß ein Geistesmensch nur mit anderen Geistesmenschen befreundet sein kann, die über den Parteien und kleinlichen Daseinsfragen stehn, und daß er nur die Herrschaft des Geistes anerkennen darf: im übrigen muß er sich in Geduld fassen, sich in den Grenzen seiner Würde an die Mächtigen klammern und die traurige, aber unbestreitbare Überlegenheit anerkennen, die der Hausknecht über den Weisen besitzt.

Deshalb versuchte man auch Kritik an Machiavelli zu üben wegen der tyrannischen Tonart seines *Principe*, der einem Medici gewidmet war, und wegen der republikanischen Gesinnung seiner *Discorsi sopra le Deche di Tito Livio*, die politisch verdächtigen

Privatpersonen zugeeignet waren. Man wollte auch in ihnen die verführerische Macht des persönlichen Vorteils entdecken, und es ist schon möglich, daß Machiavelli auch für solche Lockungen nicht ganz unempfindlich war; denn er war ein Mensch wie alle anderen, ein armer Sünder vor dem Geist; auch war er gegen solche Anfechtungen weder durch ein Bankkonto noch durch fette Pfründen im Grundbuch geschützt.

Aber wir sind in der Lage, ihn im richtigen Abstand von vier Jahrhunderten zu beurteilen, und müssen auf einen Punkt hinweisen, der den scheinbaren Pedalwechsel im *Principe* und in den *Discorsi* rechtfertigt.

Es handelt sich um den folgenden Punkt: Machiavelli war weder monarchisch noch republikanisch gesinnt; denn dort, wo die anderen Menschen dem Altar des »Ideals« eine Kapelle erbauten, errichtete er dem Gefährt des »Möglichen« einen kleinen Schuppen. Er fragt sich niemals, welche Regierungsform am besten, sondern welche am geeignetsten sei. Er wußte, daß jedes Volk besondere und ganz verschiedene Bedürfnisse hat. Das eine Volk trägt gern eine schöne Uniform, das andere lieber Bogen und Pfeile als Waffe gegen seine Bedrücker; das eine ist imstande, sich selbst zu regieren, das andere benötigt eine eiserne Faust; das eine wählt seine Führer in freier Abstimmung, das andere mit Gewalt durch Schießereien auf der Straße. Als Machiavelli vom Papst Clemens VII. aufgefordert wurde, ein Gutachten abzugeben, welche Regierungsform für Florenz am geeignetsten sei, riet er ihm, die republikanische Verfassung beizubehalten. Aber dies tat er nicht etwa aus reiner Liebe zur Republik; denn er setzte sofort hinzu, daß er sicher die absolute Monarchie befürwortet hätte, wenn er aus Mailand wäre.

Machiavelli hatte das Unglück, klar in den Dingen zu sehen: für die meisten Menschen kann vier plus fünf auch drei oder zehn oder zwölf ergeben; für Machiavelli aber gab vier plus fünf genau neun. Das ist ein Unglück, das die Menge schwer verzeiht, zumal wenn man auch noch die Naivität besitzt, zuzugeben oder gar zu behaupten, daß vier plus fünf tatsächlich neun gibt. Dinge, die man kaum einem treuen Freund ins Ohr raunt. Ein Mann, der solche Fehler hat, wird stets mit einem gewissen Mißtrauen angesehen. Und er kann von Glück reden, wenn man ihn bloß für verrückt hält. In unruhigen Zeiten werden die Verfechter der Zehn und der Zwölf ihn einen Miesmacher schelten, die Verfechter der Drei ihn der Speichelleckerei oder schnöden Gewinnsucht zeihen.

Machiavellis Ratschläge waren zwar logisch und historisch begründet, erregten aber das Mißfallen der Mediceer und den Argwohn der Volksfreunde. Wie so viele wirklich scharfsinnige Männer war er den Parteien ein Dorn im Auge, die nur ihrer Leidenschaft Gehör schenkten und sich ausschließlich von ihren Interessen leiten ließen. Wenn ein Politiker einen Gelehrten um Rat fragt, erklärt er ihm wohl, daß er die Wahrheit wissen möchte, will aber selbstverständlich nur ein günstiges Urteil über die Ziele hören, die er sich gesteckt hat.

Daraus erklärt sich auch die Tatsache, daß die Medici Nicolò bis zum Jahre 1519 in die Verbannung schmachten ließen und ihn erst auf Betreiben Lorenzo Strozzis wieder an ihrem Hofe zu empfangen geruhten. Er war inzwischen so klein geworden und so verzweifelt, daß er sich mit dem Gedanken trug, Volksschullehrer in einer kleinen Gemeinde zu werden oder einen Sekretärposten im Hause eines Adligen anzunehmen. Da wurde er endlich im Jahre 1520, auf den Rat des Kardinals Giulio de' Medici, von der Florentiner Universität als Chronikschreiber angestellt, mit einem Gehalt von hundert Gulden im Jahr; und er begann sofort geduldig und unermüdlich Unterlagen zu sammeln, Chroniken zu lesen und die *Storie Fiorentine* – die »Florentiner Geschichtsbilder« – zu schreiben, die 1525 bis zum Jahre 1492 gediehen waren und die er dem Papste Clemens VII. verehrte. Soderini, der noch immer in Rom lebte, wenn auch in ziemlich kläglichen Verhältnissen, ärgerte sich sehr darüber und schrieb zweimal an Nicolò, indem er ihm zuerst eine Stellung in Ragusa und später einen Sekretärposten bei dem Adligen Prospero Colonna anbot. Das sei jedenfalls besser, sagte er,als für ein paar lumpige Gulden Historien für die Medici zu schreiben. Aber zum Glück kam er, wie gewöhnlich, eine Stunde zu spät. Und Nicolò löste seine Aufgabe sehr gut, ohne sich etwas zu vergeben, und schrieb im Dienst der Mediceer Geschichtsbilder, die auch den italienischen Republikanern der späteren Zeit nicht mißfielen. Er legte seine Anschauungen, seine Vorwürfe und seine Hoffnungen auf Italien geachteten Persönlichkeiten in den Mund; er behandelte die Gestalten der Tyrannen mit künstlerischer Liebe und verwandelte sie in Helden; er schmähte die Feinde und Mörder der Medici nicht, sondern schilderte sie so, wie sie waren, und wies auch darauf hin, daß sie ihr Leben geopfert hätten und durch verschiedene Gründe zu ihren Taten veranlaßt worden seien.

In den *Storie Fiorentine* ist einmal die Rede von einem unbekannten Bürger, der bei einer Volksversammlung in San Pier Scheraggio zu der Frage, wie man den verworrenen Verhältnissen in der Stadt am besten steuern könnte, mit den Worten Stellung nimmt:

»Die Liebe, edle Herren, die wir unserem Vaterland entgegenbringen, hat uns bisher zur Zurückhaltung bewogen und bestimmt uns nun, vertrauensvoll zu euch zu kommen und über die Mißstände in unserer Republik zu sprechen, die schon so schwer ins Auge fallen und immer weiter um sich greifen. – Die allgemeine Sittenverwilderung in allen Städten Italiens hat auch unsere Stadt an den Rand des Verderbens gebracht und richtet sie immer mehr zugrunde. – Die schädlichen Menschen stehen im Ruf der Tüchtigkeit, die guten sind als Dummköpfe verschrien. Und tatsächlich strömt in den Städten Italiens alles zusammen, was sich verderben läßt und andere verderben kann. – Und man wird noch viel bedenklicher gestimmt, wenn man sieht, wie die Drahtzieher und Führer der Parteien ihre Absichten und Ziele mit schönen Worten bemänteln; denn obwohl sie alle die Freiheit hassen, spielen sie sich unter dem Schein der Patrizier- oder Volksherrschaft als ihre Beschützer auf, um sie desto sicherer zu unterdrücken. Denn als Siegespreis begehren sie nicht den Ruhm, die Stadt befreit zu haben, sondern die Genugtuung, die anderen besiegt und die Herrschaft an sich gerissen zu haben; haben sie dies Ziel erreicht, so scheuen sie vor keiner Ungerechtigkeit, Grausamkeit und Gier zurück. Deshalb werden die Verfügungen und Gesetze nicht auf die Republik, sondern auf die persönlichen Vorteile zugeschnitten. Deshalb werden ferner Krieg, Frieden und Bündnisse nicht zum Ruhm der Allgemeinheit, sondern zur Befriedigung von einigen Wenigen beschlossen. Und obwohl die anderen Städte auch von solcher Willkür starren, ist unsere Vaterstadt noch mehr davon befleckt als irgendeine andere; denn die Gesetze, Bestimmungen und öffentlichen Verordnungen wurden und werden in ihr niemals von der Freiheit, sondern stets nur von dem Ehrgeiz der siegreichen Partei diktiert –«

So sprach unter dem Deckmantel der Namenlosigkeit jener Florentiner Bürger im Jahre 1521 zu dem Kardinal Giulio de' Medici, der ihm einen Jahresgehalt von hundert Gulden bezahlte. Mit solcher Würde diente man damals den Großen, so daß diese gleichsam im Dienst der Kleinen zu stehen schienen, die ihnen an Geist und Bildung überlegen waren.

Mit seinen Freunden und gewissen Frauen tröstete sich Nicolò über sein Mißgeschick und wartete geduldig, daß die schlechten Zeiten glücklicheren weichen sollten. Ihm blieben ja inzwischen sein Freundeskreis und seine Liebesabenteuer.

Nicolò Machiavellis Freundinnen waren weder Herzoginnen noch Schriftstellerinnen, und wenn man sie kennen lernen will, braucht man sich nicht feierlich an einem Hofstaat des sechzehnten Jahrhunderts anmelden zu lassen: man braucht nur an einem Kalkofen oder an einem Wirtshaus anzuklopfen. Laßt uns also eintreten, auch wenn uns nicht der zarte Duft eines Salons empfängt. Villari rümpft bei dieser Gelegenheit die Nase und scheut den derben Wortlaut mancher Briefe, die im Geist der alten Römer und Florentiner geschrieben sind. Wir nicht; denn Machiavelli pflegte das Brot als Brot und die Huren als Huren zu bezeichnen; und wir sehen nicht ein, warum und wieso wir andere Worte wählen sollen, wenn wir von ihm erzählen.

Die Sandra di Pipo, die so gastfreundlich war, wie wir schon sahen; die Mariscotta, die Machiavelli in Faenza die Zeit vertreiben half; die Riccia, die sich über den Weisen lustig machte und ihn einen Nörgler nannte, aber mit treuer Liebe an ihm hing; die namenlose Witwe aus Impruneta, die ihn das Kartenspiel und die Klassiker vergessen ließ: sie alle verdienen als Machiavellis Freundinnen unseren Dank. Während die Staatsbeamten und Politiker seiner Zeit den armen Florentiner manch bittere Pille schlucken ließen, blieb es diesen gutmütigen, großzügigen und hilfsbereiten Magdalenagestalten vorbehalten, seinen Lebensmut zu stärken und ihn über den Kummer zu trösten, den ihm die Öffentlichkeit und Italien bereiteten.

Nicolò Machiavelli war kein Philister, und es liegt uns nichts daran, ihn bei seinen Gesprächen mit Vittoria Colonna und anderen platonischen Seelen zu belauschen. Den Verkehr mit schöngeistig angehauchten Frauen mied er, wo er nur immer konnte.

Er war ein witziger Geist, ein Spaßvogel, der Zündstoff in so manchem kleinen Kreis von fröhlichen Kumpanen, von leichtsinnigen, übermütigen, rauflustigen und pfiffigen Gesellen. Er war die Seele der Geselligkeiten in den Lackmusgärten, sagt ein Zeitgenosse von ihm; und die Kanzlei dünkte Bonaccorsi wie ausgestorben, als er nicht mehr da war; und auch Nerli schrieb ihm später: »Seitdem Sie fort sind, hört man hier nichts mehr vom Würfelspiel, von Zechgelagen und von anderer Kurzweil.« Dieses Florentiner Lästermaul besaß neben einem weitblickenden Geist auch eine närrische und wunderliche Ader, einen ausgeprägten Sinn für kleine Scherze, Spitznamen, Anekdoten, Bosheiten und Spottgedichte, den jeder nötig hatte, der sich bei den hitzigen Wortgefechten in jenem Kreise auszeichnen wollte.

Dank seiner realistischen Weltanschauung mußte er freilich auch genau die Grenzen dieser Kreise fühlen, und er wußte sicherlich, wie weit er bei seinen Abenteuern gehen durfte, ohne den Grundstock seines Lebens zu gefährden. Die Grundsätze, die er darüber in seinem Briefwechsel mit Francesco Vettori aufstellt, verdienten in einer Anthologie »italischer Weisheit« zu stehn, die früher oder später zusammengestellt werden sollte. Er weiß, daß man nichts Dümmeres tun kann, als den ganzen Tag den Weisen zu spielen, und rät deshalb, man solle auch den tierischen Trieben in seinem Innern ihr natürliches Recht angedeihen lassen und erst dann seinen Geist wieder den erhabenen und ernsten Dingen zuwenden. Man gebe dem Kaiser, was des Kaisers, und dem Teufel, was des Teufels ist!

So streut er oft ganz bewußt zwischen seine politischen Betrachtungen die eine oder andere lustige Anekdote ein. »Wenn jemand unsere Briefe lesen könnte, werter Freund,« schreibt er an Vettori, »und wenn er sehen könnte, wie unterschiedlich sie oft sind, so würde er sich gewaltig wundern. Denn er würde zunächst glauben, daß wir durchaus ernste Männer sind, die sich nur mit den größten Dingen beschäftigen, und daß in unserer Brust nur edle und erhabene Gedanken Platz haben. Aber später, beim Umblättern, würde er umgekehrt glauben, daß wir leichtsinnig, wankelmütig und schamlos sind und uns in lauter Nichtigkeiten verzetteln. Und diese Handlungsweise, die andere schimpflich finden mögen, dünkt mich lobenswert; denn wir ahmen ja nur die Natur nach, die so vielseitig ist; und wer dies tut, ist über jeden Tadel erhaben.«

Nun gut, auch wir wollen umblättern, um Machiavelli gründlich kennenzulernen.

Nicht selten überschritt Nicolòs Liebe den Rahmen einer flüchtigen Leidenschaft oder jähen Laune. Er ließ seiner Neigung freien Lauf, schien wieder jung zu werden. Noch mit fünfzig Jahren scheute er weder die heiße Augustsonne noch die beschwerlichen Wege in Impruneta noch die dunklen Nächte, um zu seiner Witwe zu eilen, die so liebenswürdig war, so zartfühlend und so edel. Ihr zuliebe vergaß er sogar alle Trübsal, ihr zuliebe ließ er auch die Studien über die Zustände im Altertum und in der Neuzeit ruhen. Er ging vollkommen in seiner Liebe auf, sprach nur von ihr, versuchte seiner Schönen jeden Wunsch vom Munde abzulesen und belästigte sogar den Gesandten Vettori mit der Bitte, ihm feine blaue Strickwolle aus Rom zu schicken; und es dürfte weder das erste noch das letzte Mal gewesen sein, daß ein Diplomatenkoffer an Stelle von Geheimpapieren Schmuggelgut für eine hübsche Frau enthielt.

Machiavellis letzte Liebe war eine Frau mit dem schönen Vornamen Barbara und dem noch schöneren Nachnamen Salutati: Sei mir gegrüßt! Barbara Salutati, nach ihrem öffentlichen Berufe auch nur die »Sängerin« genannt, war mit einem gewissen Pietro Landi verheiratet, einem Manne, der an Vermögen ebenso arm war wie an Geist; und da sie bei ihrem Gatten keine Stütze und Befriedigung fand, suchte sie diese bei den Bewunderern ihrer Schönheit und Begabung. Sie war eine ehrliche und unerschrockene Frau und pflegte jedem, der ihr ihren lockeren Lebenswandel vorwarf, zu antworten: Das ist meine Sache; ich schenke meine Gunst, wem ich will!

Sie ist die einzige Frau, deren Andenken mit der schriftstellerischen Tätigkeit und dem Ruhme Machiavellis verknüpft ist; denn sie sang in den Zwischenakten der *Mandragola* und der *Clizia* die Strophen, die er gemeinsam mit ihr verfaßt und vertont hatte. Guicciardini wollte sie einmal zu einer Tournee durch die Romagna verpflichten, als ihm der Gedanke kam, Machiavellis Stück in dieser Provinz aufzuführen; und es wurde auch wirklich im Jahre 1526 in Bologna gespielt, nachdem es schon im Jahre 1523 in Venedig und wahrscheinlich auch in Rom vor dem Papste aufgeführt worden war.

Mit Barbara und Machiavelli war Jacopo di Filippo befreundet, ein reichgewordener Kalkofenbesitzer, der in der Nähe des Stadttors von San Frediano wohnte. Er wollte im Jahre 1525 Machiavellis *Clizia* auf seinem Anwesen aufführen. Zu diesem Zweck wurde der größte Raum in der Kalkbrennerei vollständig ausgeräumt und von Andrea del Sarto und Aristotile da San Gallo zu einem hübschen kleinen Theater umgebaut. Er wurde zunächst der Länge nach durch zwei Säulenreihen geteilt, die einen kleinen Zwischenraum in der Mitte frei ließen und nach rechts und links grüne Laubgewinde einsandten. So entstand auf jeder Seite ein schöner langer Laubgang, geschmückt mit künstlichen und natürlichen Blumen- und Obstgirlanden. Hinter den Holzsäulen hatten die Künstler viele bunte Ampeln und Laternen angebracht, die den ganzen Saal erleuchteten. Die Holzdecke über den Laubgängen war mit einem blauen Sternhimmel bespannt, mit einem großen strahlenden Mond in der Mitte. Den Glanzpunkt des Ganzen aber bildete eine Holzschnitzerei, ein kleiner Engel mit einer Posaune in der Hand, der vor der Bühne hing und sie mit den rückwärts angebrachten Kerzen in strahlende Helligkeit tauchte, ohne die Zuschauer zu blenden.

Nach der Aufführung fand ein großer Festschmaus statt, und man bewunderte allgemein den hübschen Einfall des Hausherrn, der jedesmal, wenn eine neue Platte mit Braten, Wildbret und Gemüse aufgetragen wurde, eine Schar entsprechend verkleideter Statisten den Saal betreten ließ, die genau dieselben Tiere, Vögel und Pflanzen, die auf den Tisch kamen, auf den Armen trugen und herumreichten, aber lebend und in ungekochtem Zustand. Wurde zum Beispiel ein Lammbraten serviert, so erschienen etliche als Hirtenknaben verkleidete Jünglinge im Saal, die schneeweiße, mit roten Bändern geschmückte Lämmlein auf dem Arm hielten; wurden Forellen oder Barben aufgetragen, so füllte sich der Saal mit Fischern, die Netze, Reusen und Glasgefäße trugen, in denen bunte Fischlein schwammen; gab es gebratene Krammetsvögel oder Wachteln, so sah man ein ganzes Jagdgefolge mit Hunden, mit Käfigen und mit Falken auf der Faust auftauchen. Jede Gruppe war vorzüglich einstudiert, sang ein kleines Lied und verschwand dann wieder unter allerlei Scherzen, Wortspielen, Zweideutigkeiten und spöttischen Anspielungen.

Bei all den hübschen Einfällen hatten Machiavellis Geist, die Kunst der Barbara und der klingende Beutel des Kalkofenbesitzers zusammengewirkt. Aber Barbara war die Königin der ganzen Tafelrunde.

Ihr Name Barbara klingt an die wilden Völkerhorden an. Die sogenannten wohlanständigen Leute und die Kirche hatten sie verdammt. Ihr Leib sollte nicht in geweihter Erde ruhen. Ihre Seele sollte zur Hölle niederfahren. Alle dummen Weiber behaupteten, sie wäre häßlich, und sie hatten sogar recht. Aber sie gefiel trotz ihrer Häßlichkeit, die durch den Geist geadelt wurde.

Sie hatte sich als Nymphe verkleidet, um voll Anmut die Lieder zu singen, die Machiavelli zur Unterhaltung der Zuschauer zwischen die einzelnen Akte seiner Komödien einschob. Sie trug eine Tunika ohne Ärmel und darüber einen Überrock aus blauer Seide, der leicht gerafft war, so daß man den Spann ihres Fußes und den goldenen Soccus sehen konnte. Über ihr schwarzes Haar hatte sie eine hellblonde Perücke gezogen, unter der ihre dunklen, mit künstlichen Blumen durchwirkten Locken hervorquollen und bis auf die Schultern fielen. In der Hand hielt sie einen Bogen, und an ihrer Seite hing ein Köder, während ihre Gespielinnen, die wie sie gekleidet waren und nur noch einen dünnen Schleier über den Armen trugen, nur einen Pfeil in der Hand hatten. Begleitet wurde sie außerdem von zwei Hirten, mit quer über die Brust gegürteten Fellen und mit Sandalen an den Füßen. Sie sangen zusammen:

Und sind wir in Lust und Freude
Jungfraun und Jünglinge, dem Scherz ergeben.
Her kamen wir jetzt eben,
Die Herzen eng verbunden,
Um unser Fest zu feiern
Und unsre frohe Eintracht zu bekunden.

Gegen Schluß des vierten Aktes trat Barbara allein auf, um Callimaco selige Liebesstunden zu verheißen, der endlich die heiß ersehnte Nacht mit Lucrezia vor sich sah.

Aber für Machiavelli und seine Freunde enthüllte sich Barbaras eigentliche Begabung bei anderer Gelegenheit; nach dem gemeinsamen Abendessen, wenn sie sich in einem ungezwungeneren Milieu von ihrer natürlichen Seite gab. Ohne jede Verkleidung, im

Schmucke ihres schönen schwarzen Haars, das ihr in die Stirne hing und ihr Gesicht umrahmte, begann sie dann bekannte Typen aus dem Volke zu imitieren, die sie schon als Kind in der Vorstadt San Friano zur Genüge kennen gelernt hatte. Mit einem Korb unter dem Arm verwandelte sie sich in eine Hökerin, die auf dem Markte Eier feilbietet; mit einem kleinen Schirm in eine protzige Krämerin, die wie eine feine Dame zur Messe in die Heilige Dreifaltigkeitskirche geht; mit einer gelben Schleife auf der Schulter in ein Freudenmädchen, das sich mit seiner Kuppelmutter darüber unterhält, wie man die Männer am besten kirre macht, und das von seinem goldenen Elend plaudert. Sie machte sich ferner von der konventionellen Musik der Bühne frei und stimmte ihre eintönigen, traurigen Weisen an, die dem toskanischen Volke abgelauscht waren, und für die ihre kräftige, ein wenig rauhe Stimme wie geschaffen schien.

Tragische und verwandte Gestalten lebten in jener Stimme auf, in jenen langgezogenen Melodien und Weisen: die Kindsmörderin, die ihr Kind in einem großen Topf mit Nelken verscharrt hat und sie Abend für Abend begießt, dabei an ihren Buhlen denkend; die schwangere Ehebrecherin, die mit Angst und Bangen der Rückkehr ihres verreisten Mannes entgegensieht; die Dirne, die zu ihrem lichtscheuen Gewerbe durch die Liebe zu ihrem Mann getrieben wird, der den ganzen Tag auf den Straßen herumlungert und sich allabendlich zu Hause bei seinem Weib die Taschen füllt. Kummer, Furcht, Bitterkeit und Hohn schwangen in ihrer Stimme mit, der Stimme einer alles verzeihenden und verstehenden Frau.

Nicolò, Jacopo und die Barbara hatten sich sehr gern; Jacopo glaubte, sein Geld gut anzuwenden, wenn er dem Freunde half und für die Barbara sorgte; und diese verwöhnte ihre Freunde gerne durch Beweise ihrer Gunst. Wenn Nicolò in der Ferne weilte, fragte er sie in seinen Briefen, ob sie ihn noch lieb hätte; und sie schrieb ihm zurück, daß sie keinen Mann höher schätzte als ihn und seine Rückkehr kaum erwarten könnte, weil sie ihn so lieb hätte wie ihr Augenlicht. Nicolò glaubte es einerseits und andererseits wieder nicht, aber er hörte es jedenfalls stets mit großer Freude.

Wo blieb die göttliche Beatrice? Und wo die himmlische Laura? Machiavellis Herzenskönigin heißt Barbara und ist eine einfache Sängerin, die auf Befehl der Kirche nicht in geweihter Erde ruhen soll. Aber wenn Machiavelli ihrer Stimme lauscht, fühlt er sein Blut rascher und jünger durch die Adern kreisen; die freie Zeit verstreicht im Nu bei solcher Kurzweil; er hört in jenen volkstümlichen Weisen die Stimme einer geheimnisvollen Notwendigkeit erklingen, die die Menschen, die Staaten und die Dinge dieser Welt rastlos in einem dunklen Strudel auf und nieder wirbelt, ohne Richtung und ohne tieferen Sinn; und ihm ist, als spreche Barbara seine Gedanken aus, die er im stillen über das Los der Menschen hegt.

Was bedeutete Machiavelli für all diese Leute, die ihn kannten? Der Name Machiavelli dröhnt gewaltig durch die Jahrhunderte hindurch an unser Ohr. Aber für seine Zeitgenossen war er nur ein beliebiger Familienname, der Familienname eines Beamten oder Spaßvogels oder mittelmäßigen Dichters. Es war ein Name ohne Klang, wie wir ihn häufig in den Tagesneuigkeiten lesen oder bei Gesprächen hören. Er war einer unter vielen. Sein Leben und sein Tod berührten damals fast niemand. Und alle hätten laut gelacht, wenn man behauptet hätte, daß man sich noch nach Jahrhunderten in den verschiedensten Sprachen mit Machiavelli beschäftigen würde; und alle hätten sich entrüstet, wenn man behauptet hätte, daß man von einigen bedeutenden Persönlichkeiten der damaligen Zeit in den kommenden Jahrhunderten nur noch sprechen würde, weil sie mit Machiavelli verwandt waren oder mit ihm in Beziehung standen.

Niemand hat Nicolò Machiavelli bei Lebzeiten verstanden, außer Francesco Guicciardini. Francesco Guicciardini ist sein Ebenbild, sein Nebenbuhler, sein Gefährte, ja, ich möchte fast sagen, sein Zwillingsbruder, wenn er nicht vierzehn Jahre jünger gewesen wäre. Ein geringer Altersunterschied. Aber diese vierzehn Jahre sind wie ein paar Meter Steigung, die man überwinden muß, um von dem einen Abhang eines Berges auf den anderen zu gelangen, und die trotzdem genügen, um das Landschaftsbild vollkommen zu verändern. Guicciardini war vierzehn Jahre jünger, oder noch besser, die Welt war vierzehn Jahre älter als er: er war um eine Erfahrung reicher als Machiavelli. Machiavelli gelangte fast bis zum Gipfel, stürzte aber ab, bevor er den anderen Abhang sehen konnte. Guicciardini hingegen begann seinen Aufstieg sozusagen erst, als er den anderen Abhang schon in seiner ganzen Breite vor sich liegen sah.

Machiavelli konnte noch hoffen, träumen und prophezeien. Er war noch in der Lage, an eine Einigung Italiens zu glauben, für ein

Volksheer zu wirken und auf einen Fürsten zu warten, der - halb Fuchs, halb Löwe - die Parteien zum Frieden zwingen und Italien von den Barbaren befreien würde.

Das konnte Guicciardini schon nicht mehr, weil der endgültige Zusammenbruch nach vierzehn Jahren bereits besiegelt war und Italien unaufhaltsam auf den Abgrund zusteuerte. Machiavelli und Guicciardini sprechen die gleiche Sprache, haben die gleichen Ideen, treten für die gleichen Ideale ein, betrachten die politische Lage mit dem gleichen unparteiischen Blick und wägen sie mit der gleichen Waage der Wirklichkeit. Aber ihre Ausdrucksweise ist grundverschieden. Man achte einmal darauf, wie aus Machiavelli noch die schwärmerische Jugend spricht, und aus Guicciardini schon das resignierte Alter, das mit Gefühlen der Übersättigung und Wehmut mitleidig und kühl auf die Dinge in der Welt herabsieht. Machiavelli ist im Grunde ein Apostel, der von seinen Zeitgenossen verleugnet wurde; Guicciardini ein Asket, der die Menschen und ihre Leidenschaften verleugnete.

Sie kannten sich mehrere Jahre lang - es waren die letzten Machiavellis und die ersten Guicciardinis im politischen Leben. Guicciardini war gerade aus Spanien zurückgekehrt, von einer Gesandtschaft, mit der er in jungen Jahren betraut worden war und die es ihm ermöglichte, die Krise des Jahres 1512, bei der Machiavelli seine Stellung einbüßte, fern von Florenz glücklich zu überstehn. Im Jahre 1521 war er Statthalter des Papstes in Modena und Reggio Emilia, und in dieser Zeit beginnt zwischen ihm und Machiavelli ein reger Briefwechsel, dessen übermütiger und scherzhafter Ton darauf hindeutet, daß ihre Freundschaft und gegenseitige Achtung schon länger bestehen mußten.

Obwohl Machiavelli seine Gesinnungstreue wiederholt bewiesen und beteuert hatte, war es ihm bisher noch nicht gelungen, sich die Gunst der mißtrauischen Medici wieder zu erwerben. Der treue Diener des Staates wurde noch immer von den Aufgaben ferngehalten, die allein seiner würdig zu sein schienen. Trotzdem wurde er im Jahre 1521 mit dem »erhabenen« Auftrag betraut, nach Carpi zu reisen und einen Prediger für die Fastenzeit in Florenz auszuwählen!

Konnte man sich einen größeren Hohn vorstellen? Machiavelli und Guicciardini schrieben sich täglich; sie machten sich in ihren

Briefen über die Mönche lustig und stellten bittere Betrachtungen über das Los des armen Machiavelli an. Und die angeborene Abneigung gegen alle Pfaffen läßt sie über die heuchlerischen und faulen Bürger der »Holzpantoffelrepublik«* spotten und witzeln.

Ein Bote Guicciardinis, des Statthalters von Modena, bringt den ganzen Orden in helle Aufregung und weckt die Neugierde und Klatschsucht der Klosterbrüder. Machiavelli benutzt dies, um sich das Ansehen eines großen Mannes zu geben und auf diese Weise zu erreichen, daß man ihn nicht so kleinlich behandelt. Er bittet den Freund um Unterstützung: er solle ihm jeden Tag einen Boten schicken, wenn möglich sogar einen Eilboten; dann würden ihn die Klosterbrüder für ein hohes Tier halten und ihm ein besseres Nachtlager geben.

Der Briefwechsel geht in dem folgenden Tone weiter: »Vorsicht«, schreibt ihm Guicciardini, »daß die Mönche Sie nicht mit ihrer Heuchelei und Lügensucht anstecken, sintemalen sie nicht nur Mönche, sondern auch Carpigianer sind.« Und darauf Machiavelli: »Keine Angst, in der Heuchelei hab' ich schon längst die Taufe, Einsegnung und Kommunion erhalten; und im Lügen besitze ich sogar die Doktorwürde. Das Leben lehrte mich, das Falsche mit dem Wahren und das Wahre mit dem Falschen zu mischen, und zwar so gut, daß man sie nicht mehr voneinander unterscheiden kann.« Und er erzählt den Klosterbrüdern politische Neuigkeiten, die glatt aus der Luft gegriffen sind: er erzählt ihnen von drohenden Kriegsrüstungen der Eidgenossen, von Gebietsverletzungen der Kaiser, von Unterredungen der Könige; und die feisten Mönche stehen mit offenem Mund herum, ihr Käppchen in der Hand, hören ihm zu und bereiten ihm ausgiebige Mahlzeiten und ein köstliches Lager zur Nacht.

Armer Machiavelli! Guicciardini verglich ihn mit Lysander, der nach all seinen Siegen und Triumphen Fleisch an dieselben Soldaten verteilen mußte, die er zu Ruhm und Sieg geführt hatte. Genau so muß Nicolò, der so und so oft mit Königen, Herzögen und Fürsten verhandelt hatte, nun einen Prediger aus einem Kloster holen.

* Gemeint sind die Mönche des Klosters von Carpi, die tatsächlich Holzpantoffeln trugen und ihren Abt selbst wählten, wie die Bürger einer Republik ihr Oberhaupt.

Er findet keinen Mann nach seinem Sinne; denn er ist der Ansicht, daß zur Zeit eher ein Mann nötig wäre, der den Florentinern den Weg zur Hölle statt zum Paradiese zeigte, und hätte gern einen närrischen, verschlagenen und scheinheiligen Mönch herbeigeholt, der in seiner Person alle Untugenden und Laster der Mönche vereinte, die Florenz bisher erprobt hatte.

Guicciardini legt viel Hochachtung und Zuneigung für Machiavelli an den Tag; er bittet ihn, in den Überschriften seiner Briefe auf die Titel: »Erlaucht«, »Hochwohlgeboren« und »Verehrungswürdig« zu verzichten, und droht ihm, sonst Gleiches mit Gleichem zu vergelten; und er redet ihn oft als »liebster Bruder« an. Ihr Vertrauen zueinander ist unbegrenzt: politische Fragen und galante Abenteuer durchziehen ihre Briefe. Mitunter dient ihm Machiavelli als Sachverständiger und gibt in dieser Eigenschaft ein Gutachten über den Wert eines Landguts ab, das Guicciardini kaufen will; dann ist sein Brief im Stil eines Rechnungsbeamten oder Gutsverwalters abgefaßt. Oder er versucht, da er die schwache Seite seines Freundes kennt, eine gute Heirat für dessen Töchter zu vermitteln, und rät ihm, den Papst um die Mitgift zu bitten; und dann klingt sein Brief an das Schreiben eines Heiratsvermittlers an. Umgekehrt versucht Guicciardini ihm zu helfen, wo er kann, und ihn wieder in das politische Leben einzuführen; so sehen wir, wie Machiavelli in den letzten Jahren seines Lebens von den Medici beauftragt wird, das Heer der Liga zu begleiten, und wie er für Andrea Doria Gesandtschaftsdienste leistet. Aber es sind stets nur untergeordnete und anrüchige Aufträge: sie genügen, um ihn in den Augen der überzeugten Republikaner, die im Jahre 1527 wieder zur Macht gelangen, in ein falsches Licht zu stellen; und sie genügen nicht, um seinen Drang nach politischer Tätigkeit zu befriedigen.

In den Briefen der zwei bedeutendsten Vertreter der Florentiner Staatsweisheit greift oft eine gewisse »politische Kannegießerei« Platz; aber mehr auf Machiavellis Anregung, der eher in Versuchung kommt, den Wunsch zu äußern: Wenn ich in der Lage wäre –. Das hat der andere nicht nötig, denn er kann mit Recht von sich behaupten: »Ich bin es.« Man fühlt hinter Guicciardinis Zurückhaltung die Persönlichkeit eines Mannes, der mitten im politischen Leben steht und sich nicht durch Prophezeiungen bloßstellen möchte, weil er weiß, wie trügerisch diese meistens sind und wie rasch die Zeiten wechseln. Es hat den Anschein, als halte der »weise« Guicciardini seinen älteren und unglücklichen Gesinnungsgenossen für einen etwas wunderlichen Kauz, dessen originelle und einfallsreiche Ansichten ihn wohl ergötzen, aber noch mehr in seiner Vorsicht und seinem Mißtrauen bestärken. Die Allgemeinheit war nicht gesonnen, Machiavelli zu bewundern, weil sie ihn nicht verstand; und der einzige, der ihn verstand, der einzige, der ihm ebenbürtig war, der einzige, der die gleiche Sprache sprach und die gleichen Mittel anwandte, konnte ihn nicht bewundern, weil er seiner Meinung nach unvorsichtig und nicht genügend mit den Dingen dieser Welt vertraut war. Guicciardini war zwar ein Machiavellist im wahrsten Sinn des Wortes, übte aber trotzdem Kritik an seinem Meister.

Im Jahre 1521 hat Machiavelli seine Hoffnungen auf eine Volkswehr noch immer nicht aufgegeben; er schlägt dem Papst vor, die Bewohner der Romagna zu den Waffen zu rufen, und gerät schon bei dem bloßen Namen Giovanni de' Medicis in Begeisterung, des Führers der schwarzen Schar, der als neuer Stern am Kriegshimmel aufgetaucht war. Er schreibt einen Brief über ihn, »schön wie eine Oktave des Ariost« (wie einer seiner Kritiker sagte). Wir wollen ihn lesen:

»Vor einigen Tagen hieß es in Florenz, daß Herr Giovanni de' Medici eine Freischar gegründet habe, um auf gut Glück Krieg zu führen. Dieses Gerücht rief den Gedanken in mir wach, daß die Volksstimme angeblich das sagt, was man tun soll. Jeder Italiener ist, glaube ich, der Meinung, daß es keinen Führer gibt, dem die Soldaten lieber folgen und den die Spanier mehr fürchten und achten würden. Jeder hält Herrn Giovanni ferner für einen tapferen und wagemutigen Mann, der sich mit großen Plänen trägt und auf das Ganze geht. Könnte man ihm also nicht heimlich Vorschub leisten und ihm wirklich zu diesem Fähnlein verhelfen, indem man ihm möglichst viele Reiter und Fußsoldaten zur Verfügung stellt? Und täte man dies wirklich, so würde er alsbald den Spaniern den Sinn verwirren und sie zwingen, ihre Pläne zu ändern.«

Guicciardini glaubte nicht recht an diese Träume. Er hatte eine pessimistische Weltanschauung, die seinem Leben etwas Freudloses gab, ihn aber wenigstens vor Trugschlüssen bewahrte. Und er lehnte sich auch gegen die Vorschläge auf, eine Volkswehr in der Romagna auszuheben, weil er vorsichtiger und weitblickender war als sein geistiger Zwillingsbruder; er wußte aus Erfahrung, wie uneinig und sonderbündlerisch die Bewohner der Romagna waren.

Nicht nur in politischen Dingen erteilte der Jüngere dem Älteren weise Lehren, sondern auch in Liebesabenteuern. Guicciardini verteidigte die verheirateten, züchtigen und bescheidenen Frauen gegen die käuflichen, die all ihre Reize und Verführungskünste spielen lassen und Machiavelli am meisten gefielen. Die Barbara! Ach ja, die Barbara ist Machiavellis größtes Glück, ein Geschöpf voll Liebreiz und Zartgefühl! Aber eine biedere Frau vom Lande hat auch ihre Vorzüge, und muß so sein, wie sie ist, rauh und spröde; denn sie will ja nur dem einen gefallen, dem sie sich geschenkt hat.

So gelangten sie von den ernsten Dingen zu den heiteren, in der Überzeugung, daß es der größte Unsinn sei, immer nur weise sein zu wollen, und daß ein fröhliches Lachen mitunter eine Weisheit aufwiegt. Guicciardini war ein großer Bewunderer der Komödie *Messer Nicia*, auch *Mandragola* genannt; und er wollte sie in der Romagna aufführen lassen, zu seiner Kurzweil und zur Erbauung seiner Freunde. Und ihm lag um so mehr daran, einmal in einem ausgelassenen Lachen alle Trübsal zu vergessen, als die Geschicke Italiens ihm das Leben immer mehr zur Last zu machen und zu verbittern drohten. Das Lachen lag in seiner Macht, die Geschicke Italiens leider nicht. Machiavelli bereitete die Chöre und die Zwischenmusik für die Tournee vor.

Könnt ihr euch heutzutage noch einen Geschichtsphilosophen und einen Generalstatthalter vorstellen, die Verse zu einem Lustspiel schreiben und Schauspielerinnen für den Fasching engagieren? – Man merkt daran, daß die damaligen Zeiten noch eine geistige Beschwingtheit besaßen, die uns heutzutage wie ein fernes Gut anmutet, wie ein Erbteil aus alter Zeit, das die Ahnen aufzehrten.

Guicciardini vergaß Machiavelli auch nach dem Tode nicht. Eine seiner Schriften versucht die *Discorsi sopra le Deche di Tito Livio* zu widerlegen. Gegen Machiavellis Theorien macht er seine praktische Erfahrung geltend. Auch in seinen *Ricordi di Politici e Civili* leben Machiavellis Ideen unerschütterlich und wirksam fort; ihre Gültigkeit wird häufig anerkannt und bestätigt, mitunter aber auch bestritten. Und so ging das Zwiegespräch der beiden Zwillingsbrüder auch nach dem Tod des einen weiter.

Aber stets standen die vierzehn Jahre trennend zwischen ihnen. Guicciardini sieht jede Hoffnung verblassen, jedes Luftschloß einstürzen und jede Frucht schon vor der Reife verfaulen. Italien, das die neuzeitliche Welt geschaffen hatte, war gleichzeitig zerfallen.

Guicciardini bleibt nur noch das Reich des Geistes. Nachdem er sich die Ungnade Cosimos I., dessen Thronbesteigung er selbst begünstigte, zugezogen hat, muß er sich wie Machiavelli auf sein Landgut zurückziehen, um dort zu arbeiten, zu philosophieren und zu schriftstellern. Er geht nicht wie die politischen Verbannten seiner Zeit ins Ausland, um mit fremden Waffen die Wiedereinsetzung der eigenen Partei zu betreiben. Dazu ist er viel zu edel und zu klug. Seine Verbannung zeugt von Entsagung, Verachtung und Überdruß. Man begriff Guicciardinis Verhalten in den letzten Jahren seines Lebens nicht ganz. Man erblickte in ihm einen ehrgeizigen Streber, der sein Ziel verfehlt hat, einen charakterlosen Höfling, der nur darauf bedacht ist, in seinem Ehrenkleid zu sterben. Aber die wahre Ursache ist tiefer und symbolischer.

Die bürgerliche Freiheit erlosch. Die Bürger wurden Untertanen. Kaiser und Papst verbündeten sich, um ein Bollwerk zu errichten und zu verhüten, daß die protestantische Bewegung und die moderne Kritik auch in Italien eindrangen. Die Furcht vor der großen kalvinistischen und lutherischen Umwälzung übermannte die Fürsten und die Reichen. Die kapitalistische und katholische Gesellschaft verteidigte sich, so gut sie konnte. Der denkende Mensch hätte damals wohl auf dem Scheiterhaufen oder auf dem Schafott sterben und die Rechte des Geistes gegen die Religion geltend machen können beziehungsweise die Rechte der Freiheit gegen die Tyrannen. Aber was hätte es genützt? Das Volk wäre ihm doch nicht nachgefolgt.

Der denkende Italiener vollzog damals eine andere Umwälzung, die ihm seine eigene innere Freiheit sicherte. Losgelöst von der bürgerlichen und religiösen Gemeinschaft, tat er so, als wenn er der Übermacht der beiden Gesellschaftswesen huldigte. Er ging zur Messe, entblößte das Haupt und bekundete nach außenhin auf jede Weise eine Ehrfurcht und Überzeugung, die er in Wirklichkeit gar nicht besaß. Im stillen machte er sich über die Pfaffen lustig und bewertete die Fürsten so, wie sie waren: mitunter als einsichtsvolle Männer, doch häufiger als Hohlköpfe und eitle Narren. Er gab sich seinen Gedanken, Träumen und Poesien hin und verschanzte sich hinter einem Wall von Verachtung und Geringschätzung.

Man verlangte, daß er den Hut abnehmen sollte? Und der Italiener entblößte bereitwillig sein Haupt. Man verlangte, daß er Exzellenz zu den Dummköpfen sagen sollte, und Euer Gnaden zu den Spitzbuben? Und der Italiener sträubte sich nicht gegen solche kleinen Gefälligkeiten: zu Hause warf er die Dummköpfe und Schurken ja doch in einen Topf. Da er gezwungen war, sich täglich in der Kunst der Heuchelei und Verstellung zu üben, wurde er in kurzer Zeit zu einem Meister der politischen »Geschicklichkeit«. Auch sein Charakter erhielt dadurch ein unverwischbares Gepräge. Dank seiner Fähigkeit, sich jeder Lebenslage anpassen zu können, erreichte er allmählich eine Bildungsstufe, die nahezu an Verderbtheit grenzte, von der stets ein Hauch von Trauer ausging. Unter dem starren Panzer all der Floskeln und Redensarten, zu denen ihn die Inquisitoren und die Fremden, die unumschränkten Fürsten und die einfältigen Volksvertreter nötigten, machte der gebildete oder vornehme Italiener seine Entdeckungen für die Welt, ließ er seiner Phantasie und seinem Weltschmerz freien Lauf, dem Weltschmerz eines Volkes, das alles gesehen und erlebt und sich schließlich zu weiser Ergebung in sein Schicksal durchgerungen hatte.

So wie der heilige Benedikt im Mittelalter, als jeder Widerstand gegen die Barbaren aussichtslos schien und selbst die unverzagten, von der herrschenden Sittenverwilderung abgestoßenen Gemüter nicht mehr wußten, wie sie die höheren Werte des Lebens retten sollten, in die Höhlen und in die Einsamkeit floh und dort in den Klöstern eine Zufluchtsstätte für die Gesittung und für die Keime der künftigen Wiedergeburt schuf, genau so schuf Guicciardini in seinem Landhaus in Finocchieto das erste weltliche Kloster, die erste Zufluchtsstätte für das geistige und kulturelle Leben Italiens, verschanzte sich hinter Heuchelei, Schweigen und scheinbarer Ergebung, hinterließ in seinen *Erinnerungen* sozusagen den ersten, nur für einen kleinen Kreis von »Eingeweihten« bestimmten Privatdruck und überlieferte so der Nachwelt ein paar von jenen Geistesfunken, die später den Freiheitsdrang der Italiener zu heller Glut entfachen und zur Wiedergeburt des italienischen Volkes führen sollten.

Machiavellis Name stößt auf Widerspruch

Die Pforten Italiens, die Karl VIII. im Jahre 1492 durchschritten hatte, blieben auch weiterhin offen, ohne daß irgendein italienischer Fürst eine Schildwache an ihnen aufstellte und sie schloß. Im Gegenteil. Nach dem Mont Genèvre ließen der Gotthard, der Brenner und der Argentierapaß Scharen von lustigen Landsknechten und fröhlichen Gascognern ins Land strömen; die Häfen forderten den Spaniern keinen Zoll mehr ab; und so wurde Italien die Walstatt, auf der Franz I. und Karl V. ihren Streit um die Vorherrschaft in Europa austrugen.

Fünfundzwanzig Jahre lang wogt der Kampf erbittert hin und her, nur hin und wieder von einer kurzen Waffenruhe unterbrochen; ein Kampf, bei dem man die kleinen italienischen Machthaber, unter anderem auch den Heiligen Vater, einen lächerlichen Reigen um die Vortänzer tanzen sehen kann; sie versuchen sich heute zu verbünden und morgen zu verraten, heute zu bekämpfen und morgen zu verkriechen, und sind stets unfähig zu einem ehrlichen Bündnis, zu einem unerschütterlichen Entschlusse und zu einem zielbewußten Plane. Zwischen all den kläglichen und willensschwachen Gestalten ragt nur die Persönlichkeit Julius' II. hervor, des kühnen Savonesen, der Italien von den Barbaren befreien wollte. Aber der Zusammenbruch seines Ideals wurde in den grauenvollen Tagen der Plünderung Roms besiegelt, als Landsknechte, Lutheraner und stockkatholische spanische Söldner Rom fast ohne Kampf eroberten und mit Ausnahme des Papstes, der sich in der Engelsburg eingeschlossen hatte, alles plünderten und schändeten: Kardinäle, Priester, Edelfrauen und Kurtisanen, Grundbesitzer und Wasserverkäufer, Kirchen und Freudenhäuser, Gemälde, Galerien und Läden. Der berittene Söldner im Purpurmantel, der eine Kurtisane auf seinem Streitroß mit sich führt und einen feisten, vor Furcht schlotternden Kardinal an einem Strick hinter sich herzerrt, ist das getreue Sinnbild jener traurigen Episode, die alle Städte Italiens erzittern ließ und den Florentinern großen Schrecken einjagte.

Dies hinderte die Parteien freilich nicht daran, die günstige Gelegenheit zum Umsturz wahrzunehmen. Nach dem Tode Giulianos und Lorenzos war die Herrschaft in der Stadt vorübergehend in die Hände von zwei unmündigen Kindern übergegangen, die unter der Vormundschaft eines einfältigen Kardinals standen, der weder Mut noch Geist besaß, so daß in Wirklichkeit alles von der Kurie und von dem mediceischen Papste beherrscht wurde. Aber als dessen Macht nun erschüttert wurde, wollten die Florentiner Adelsgeschlechter das Joch abwerfen, und es gelang ihnen, zunächst durch einen Aufruhr und dann durch ein Waffenaufgebot gegen das Heer Karls V. die Medici zu vertreiben. Aber die Umsturzbewegungen lassen sich nicht immer zügeln, und ist der Stein erst einmal ins Rollen gebracht, so rollt er leicht den ganzen Abhang hinab, an dessen Ende der Frieden oder der Zusammenbruch oder die Reaktion auf die Völker warten. So ging die Umsturzbewegung aus den Händen der Patrizier in die Hände der *Arrabiati*, der »Volksfreunde« über und endete mit der Belagerung von Florenz und dem endgültigen Sturz der Republik.

Machiavelli hatte inzwischen die Gunst des Papstes teilweise zurückerlangt, hauptsächlich dank Guicciardinis Fürsprache; und nachdem er den Auftrag erhalten hatte, die Geschichte von Florenz zu schreiben, wurde er allmählich auch zu anderen kleinen Aufträgen im Dienst des Hauses Medici herangezogen. So wurde er, nachdem seine Gesandtschaft zu der »Holzpantoffelrepublik« ein lächerliches Ende gefunden hatte, nach Lucca geschickt, um einige das Münzwesen betreffende Fragen und die verwickelten Angelegenheiten eines gewissen Guinigi zu regeln, ferner nach Modena, um mit Guicciardini einige Pläne des Papstes zu besprechen, ferner als Inspizient der Festungswerke nach Florenz, wo er wie früher Verzeichnisse anlegt, Abschriften anfertigt und Berechnungen aufstellt; und schließlich wurde er zu dem Heer der Liga gesandt, das die Spanier und Karl V. bekämpfen sollte, sich aber auf echt italienische Weise in unnützen Redereien verzettelte, in Meinungsverschiedenheiten zwischen den Führern, in Streit und Zwietracht, die den Staatssäckel leerten und jeden militärischen Erfolg zunichte machten.

In den Tagen des Florentiner Freiheitskampfes befand Machiavelli sich in Civitavecchia und kehrte schleunigst nach Florenz zurück. Schon auf dem Meere regte sich jenes Gefühl von Reue in seiner Brust, das seine letzten Tage vergiftete. Er fühlte, wie wenig Clemens VII. der augenblicklichen Lage gewachsen war; ein Fürst, der kaum für den Frieden oder für den Krieg genügte, geschweige denn für beide zugleich; und er bedauerte, daß er sich überhaupt mit ihm eingelassen hatte. Aber das Geschehene ließ sich nicht ändern; zurück konnte er nicht mehr; und es war besser, den Dingen offen ins Auge zu sehen. Die republikanische Verfassung war inzwischen wieder hergestellt worden; der Große Rat herrschte wieder im Signoriapalast; und Machiavelli sagte sich, daß die neue Republik wohl kaum einen Sekretär finden könnte, der so viel Erfahrung im Frieden und im Krieg besäße wie er selbst. In den ersten Tagen des Juni bewarb er sich um seinen alten Posten. Am zehnten kam sein Antrag zur Beratung.

Die Herzen der neuen Florentiner Machthaber schwellte noch der Stolz über die zurückeroberte Freiheit in der Stadt; diejenigen Leute, die ihre Bewunderung für Savonarola und ihre republikanische Gesinnung fünfzehn Jahre lang verheimlicht hatten, trugen sie jetzt offen zur Schau, verbreiteten und betonten sie; die lauen Seelen entwickelten einen unerwarteten Eifer; und viele Anhänger der Medici traten, um ihre früheren Dienste zu vertuschen, für rücksichtslose Strenge und scharfe Maßnahmen ein.

Machiavelli dachte nicht an all diese Dinge. Er dachte nur an sein Vaterland. In einem Briefe, den er ein paar Tage vorher an Vettori schrieb, kam dieses tiefe Gefühl klar in einer jener plötzlichen Redewendungen zum Durchbruch, die ehrlich und lebendig aus der Feder strömen, obwohl sie scheinbar nur an Worte anklingen, die andere Leute schon bei anderer Gelegenheit gebrauchten. »Ich liebe das Vaterland mehr als mein Seelenheil«, schrieb Machiavelli an ihn. Mit dieser Vaterlandsliebe, mit dem glühenden Bewußtsein der Gefahr, daß Italien der Macht der Spanier erliegen könnte (was später auch der Fall war), mit der schmerzlichen Erkenntnis, daß die Italiener nicht imstande seien, sich zu einigen, Ernst zu machen, zu kämpfen und lieber tollkühne als ängstliche Entschlüsse zu fassen, mit den bangen Ahnungen eines Menschen, der ein geliebtes Wesen unaufhaltsam auf den Abgrund zutreiben fühlt und spürt, daß er alles Erdenkliche zu seiner Rettung tun muß – so trat Machiavelli vor eine Versammlung siegestrunkener Parteimänner, die die Früchte des Sieges verteilen und ihren Rachegefühlen freien Lauf lassen wollten, die sie fünfzehn Jahre lang geduldig und stillschweigend unterdrückt hatten.

Was daraufhin geschah, ist ausführlich in dem Protokoll der Ratsversammlung vom 10. Juni 1527 geschildert, das ich nun in seinen wesentlichen Zügen wiedergeben will.

Protokoll des Großen Rates von Florenz über die Nachmittagstagung am 10. Juni 1527.

Zugegen sind 567 Ratsmitglieder, abwesend 23, darunter 20 mit Entschuldigung.

Den Vorsitz führt seine Exzellenz Nicolò Capponi, Gonfaloniere der Republik Florenz.

Gegenstand der Beratung ist die Wahl Nicolò Machiavellis – Sohn des verstorbenen Bernardo Machiavelli –, von Beruf Geschichtsschreiber, zum Sekretär der Republik Florenz.

Es folgen einige Urteile der ehrbaren Ratsherren.

Bernardo Avancini ist dagegen: Machiavelli sei ein verkappter Mediceer und habe die Republik verraten, nachdem er ihr zuerst gedient. Unter anderem habe er ein Jahresgehalt von dem Papste Clemens VII. bezogen.

Fortunato Bozzacchini ist dagegen: Denn Machiavelli habe stets viel Schlechtes über Florenz und über die Florentiner geredet. Habe geschrieben, Florenz wirke wie ein Magnet auf alle Gauner und Betrüger, als wenn die Florentiner dümmer seien als andere Völker. Habe ferner gesagt, unsere Republik sei uneiniger als alle anderen Republiken. Habe uns ferner der Knauserei beschuldigt.

Agnolo Morlacchi ist dagegen: Denn Machiavelli habe allen Florentinern nur Schlechtes nachgesagt. Er erinnere sich noch genau an seine Komödien, in denen die ehrenwertesten Bürger durch den Schmutz gezogen würden. Machiavellis Wahl wäre eine Schande!

Francesco Mordenti ist dagegen: Denn Machiavelli habe Florenz zu oft verlassen und durch den Aufenthalt in fremden Ländern gelernt, die Sitten seiner Vaterstadt zu bemängeln. Er finde nichts Gutes mehr an Florenz. Er schätze die Landsknechte höher als die Florentiner und möge sich also lieber wieder zu seinen Landsknechten gesellen.

Luigi Alamanni ist dafür: Denn Machiavelli habe stets nur das Wohl des Vaterlandes gewollt, er wisse in den Staatsgeschäften wie kein anderer Bescheid und habe die im Signoriapalast verbrachten Jahre weder verschlafen noch vertändelt. Daß er bei den Fürsten und bei den Fremden einen Stein im Brett habe, sei höchstens von Vorteil; er würde ein geneigtes Ohr bei ihnen finden, zum Nutzen unserer Republik. Kurzum, er sei ein Ehrenmann, der trotz seiner langen Amtszeit nicht einen roten Heller zurückgelegt habe.

Memmo Poggeschi ist dagegen: Denn Machiavelli sei kein vorbildlicher Florentiner. Er habe die Zustände in Florenz stets nur bekrittelt, habe stets mit den Bewohnern jenseits der Alpen geliebäugelt, habe sich von den Ausländern bestechen lassen. Er sei kein guter Italiener.

Leone degli Albizi ist dagegen: Denn man könne Machiavelli nicht recht trauen. Machiavelli sei ein Intellektueller –

(Zwischenrufe: Nieder mit den Intellektuellen!)

– und man könne sich deshalb auch nicht auf ihn verlassen. Das Vaterland benötige in erster Linie zuverlässige Männer, keine Weisheitskrämer. Machiavelli sei ein Geschichtsschreiber, der alle Leute rechtfertigte: er habe den Tyrannen Gutes nachgesagt und Verständnis für ihre Mörder gezeigt. Das möge vielleicht in der Geschichte hingehen, aber nicht im Staatsleben.

Carlo Tonsinghi ist dagegen: Denn Machiavelli dünke sich mit seinem ewigen Lächeln auf den Lippen über alle Welt erhaben. Solche Gefühle lägen nicht im Sinne eines guten Republikaners oder guten Demokraten oder guten Staatsbürgers überhaupt.

Nicola Zaffi ist dagegen: Denn Machiavelli habe seinerzeit zu viel Bewunderung für den Valentiner Herzog bekundet und ihn stets und überall verhimmelt. Es habe fast den Anschein, als hätte er sein Minister werden wollen. Er sei imstande, uns wieder zu verraten, wenn ein neuer Valentiner an den Grenzen der Republik auftauche. Wie könne ein guter Republikaner ein Bewunderer Cesare Borgias sein?

Lanfredin Lanfredini ist dagegen: Denn Machiavelli führe ein wüstes und gottloses Leben. Habe man ihn nicht erwischt, wie er selbst am heiligen Karfreitag Fleisch aß? Und habe man ihn jemals beim Hochamt gesehen? Er sei schlimmer als die Lutheraner, die wenigstens in die Kirche gingen!

Toto Braccioloni ist dagegen: Denn Machiavelli habe den Reichen beigebracht, wie man den Armen ihre Habe nehmen könne.

Maso Vinciguerra: Und den Mediceern, wie man dem Volk die Macht entreißen könne!

Ein Anhänger Savanarolas: Und auf Savonarola habe er auch geschimpft!

Der gesamte Rat: Hört! Hört!

Luigi Alamanni: Aber ich bitte euch, das ist doch lauter Unsinn! Machiavelli ist einer von den wenigen Leuten, auf die ihr euch verlassen könnt! Wie viele unter euch hielten es selbst noch vorgestern mit den Medici?

Zwischenrufe: Keine Beleidigungen! Wo steckte er denn, als wir auf den Straßen kämpften und riefen: Nieder mit den Medici! Hoch die Freiheit! Hoch das Volk! - und unser Leben in die Schanze schlugen? Wo sind seine Narben? Da - seht unsere an! Wir kämpften und er - er verkroch sich!

Andere Zwischenrufe: Er steckte im Wirtshaus!

Wieder andere Zwischenrufe: Nein, noch schlimmer! Er steckte in der Bibliothek und las alte Schmöker!

Und wieder andere: Wir wollen keine Weisheitskrämer! Nieder mit den Weisheitskrämern!

Und wieder andere: Abstimmen! Abstimmen!

Und darauf der Gonfaloniere: Ich lasse jetzt über den Antrag abstimmen, Nicolò Machiavelli, den Sohn des verstorbenen Bernardo Machiavelli, zum Sekretär der Republik Florenz zu wählen.

Die Ratsdiener gehen umher und sammeln die Stimmzettel. Die Zählung ergibt 555 Stimmen gegen und 12 Stimmen für Machiavelli. Damit ist der Antrag abgelehnt.

Nun gelangt der Antrag, Francesco Tarugi zum Sekretär zu ernennen, zur Abstimmung. Er wird einmütig angenommen.

Kein Widerspruch erhebt sich gegen den Namen Francesco Tarugis. Nein, wenn man Francesco Tarugi heißt, läuft man nicht Gefahr, auf Widerspruch zu stoßen.

Als die Kunde von dem Wahlergebnis zu Nicolò drang, begann er sich krank zu fühlen. Aber diese Krankheit war mehr ein Aufflackern von tausend anderen Übeln, eine schmerzliche Erkenntnis all der Wunden, Schläge, Zurückweisungen, Enttäuschungen, Kränkungen und Demütigungen, die er bisher erlitten und in der Hoffnung auf einen Umschwung schweigend hingenommen und sich selbst verheimlicht hatte; die er wie eine schwere Bürde trug, die er eines Tages abschütteln würde, und die nun statt dessen plötzlich auf ein andres Übel stoßen, auf eine schlimmere Wunde, einen empfindlicheren Schlag, eine tiefere Enttäuschung, eine größere Kränkung, eine schimpflichere Demütigung und eine noch schwerer zu ertragende Bürde. Und so drängt all das alte Leid zusammen mit dem neuen an den Tag.

Zweifel, Reue, Selbstvorwürfe und bange Ahnungen nagten an seinem Herzen. Was sollte er nun tun? Da war er nun glücklich wieder aus seinem Vaterlande ausgestoßen, dem er dienen wollte und das er von allen möglichen Gefahren umringt sah, die er allein mit wenigen anderen zu erkennen vermochte. Sollte er also wieder aufs Land zurückkehren? Wo er sich doch ein neues Leben oder doch wenigstens ein Scheinleben geschaffen hatte und zwischen dem Papste und dem Heer, zwischen Doria und Guicciardini hin und her reiste, nur um an den leidigen Staatsgeschäften teilzunehmen, die ihm allein am Herzen lagen. Ja, sollte er wirklich noch einmal zu den Bauern in Percussina zurückkehren?

Schon der bloße Gedanke an das Teller- und Gläsergeklirr in der Schenke von San Andrea verursachte ihm tiefe Pein, zumal da er jetzt an den Verkehr mit dem Kardinal Cybo, mit Giovanni, dem Führer der Schwarzen Schar, mit Messer Francesco Guicciardini, mit Matteo di Bandello und mit anderen auserlesenen Geistern gewöhnt war.

Das Alter begann ihm jetzt zur Last zu fallen. Die Knie schmerzten ihn von Tag zu Tag mehr, wenn er über die Alte Brücke schritt und die Treppe zu seiner Wohnung emporstieg. Die schlechten Säfte kreisten durch seinen Körper, verursachten ihm Verdauungsbeschwerden, und nach dem Essen ließ er den Kopf kraftlos auf den Tisch sinken, als könnte er ihn nicht mehr aufrecht halten.

Und dazu immer wieder jener quälende Gedanke, der wie ein feiner Nebelregen unaufhörlich auf ihn eindrang: Was werde ich morgen tun? Trostlos tat sich die Zukunft vor ihm auf, verhängnisvoll für Italien und schwarz in schwarz für seine Vaterstadt. Die unfähigen und unbesonnenen Republikaner, die die schwachen Mediceer abgelöst hatten, waren seiner Meinung nach nicht dazu geeignet, ein so zerbrechliches Staatsschiff, wie Florenz es war, durch alle Fährnisse hindurchzusteuern. Italien war voll fremder Söldner, beutegieriger und streitlustiger Gesellen, die unter dem Befehl erprobter Führer standen; und Florenz sah einer langen und gefährlichen Reise in die Zukunft entgegen, auf der es in Scherben zu gehen drohte, wie ein Tonkrug zwischen lauter eisernen Gefäßen.

Eintönig, grau und kläglich lag das Leben vor Machiavelli da; vielleicht würden schon morgen oder übermorgen bittere Not und Pest über seine kleine Familie hereinbrechen, nachdem ein Fähnlein Deutscher oder Spanier die Umgebung von Florenz verwüstet hatte. Er fühlte sich allein, verlassen und unglücklich. Schon bei dem ersten Schicksalsschlage hatten alle ihn im Stich gelassen, mit Ausnahme von ein paar treuen Freunden.

Ihm war, als gleite ein Panzer, den er sein ganzes Leben lang getragen hatte, von seinem Leib zu Boden, als löse er sich Glied für Glied allmählich auf: der Panzer seines Glaubens an das Vaterland und seiner Pflicht als Staatsbürger. Dieses Vaterland hatte ihn nicht nur einmal, sondern öfter von sich gestoßen; es wollte nichts wissen von ihm, war keine Mutter, sondern eine Stiefmutter. Was sollte er jetzt noch tun? An den Aufbau eines neuen Lebens konnte er nicht mehr denken. Ihm war auf einmal, als hätte man ihm die Kleider vom Leib gerissen, als wäre er vollkommen nackt; er zitterte vor Kälte und legte sich ins Bett.

Und während ihn das Fieber schüttelte, sagte er sich: Da liege ich nun, vollkommen nackt und schutzlos; ich habe nichts mehr auf dieser Welt zu suchen; ich bin ein Ausgestoßener. Was mich früher aufrecht hielt, fehlt mir jetzt. Wo ist das Vaterland, an das ich glaubte? Vielleicht war alles nur ein Irrtum meinerseits; vielleicht wäre es besser gewesen, mehr an das eigene Wohl zu denken und sich das Allgemeinwohl als einen törichten Wahn aus dem Kopf zu schlagen. Was hat es denn genützt, daß ich meine Zeit hingab und mich zum Sklaven von Leute machte, die viel weniger taugten als ich?

Der Gram und die Reue wurden immer stärker und stimmten ihn tieftraurig, als sei er sein ganzes Leben lang nur ein Betrogener gewesen. Da war kein Gegenstand oder Gedanke, der ihn nicht an seine Niederlage gemahnte und ihm bittere Betrachtungen entlockte. Mein ganzes Leben war verfehlt, sagte er sich immer wieder. Vollkommen verfehlt und sinnlos. Auch seine Frau und seine Kinder, ja sogar seine Lieblingsbücher betrachtete er nun mit gleichgültigem und verächtlichem Blick. Er hatte an nichts mehr Freude, nicht einmal an den Dingen, die früher sein ganzer Stolz gewesen waren. Voll Verachtung erinnerte er sich an die Worte und Lobsprüche berühmter Staatsmänner und Feldherrn, mit denen er verhandelt hatte. Ein Kettchen, das ihm der Valentiner Herzog einmal geschenkt hatte und das er, zusammen mit anderen Schmuckstücken, aufbewahrte, dünkte ihn jetzt nur noch ein schimpfliches Andenken an einen großen Fehler, an eine verhängnisvolle Liebe und sinnlose Leidenschaft. Jedes Wort, das man an ihn richtete, löste eine Flut von Haß in den Tiefen seiner Seele aus, die unumstößliche Gewißheit von der Sinnlosigkeit und Nichtigkeit aller irdischen Dinge.

Die brennende Frage nach den Beziehungen zwischen dem Vaterland und dem Einzelwesen tauchte wieder in seinem Geiste auf, aber im neuen Licht seiner unglücklichen Lage. Wie eine rätselhafte Sphinx schien das Vaterland sich über seine Opfer zu beugen und jedem seiner Bürger das Blut aus den Adern zu saugen; und hatte es sie gründlich ausgesogen, so warf es die leere Hülle einfach fort. War es in der Ordnung, daß die Brüste dieser Mutter ohne Nahrung waren und ihre Religion nichts andres als ein blutiger Opferkult? Hätte sie nicht wenigstens ihre guten Söhne lieben sollen, ihre Tugenden loben, ihre Bemühungen würdigen und die Bestrebungen der Schwachen unterstützen?

Was war dieses Vaterland? Und wer verkörperte dieses Italien? Die Antwort Ludwigs des Mohren fiel ihm wieder ein: *Ich habe es noch nie gesehen!* Dieses Italien wurde durch Francesco Tarugi verkörpert, durch eine Null, die ihm vorgezogen wurde, durch einen mittelmäßigen, leeren und charakterlosen Skribenten; durch Pietro Ardinghelli, einen betrügerischen und bestechlichen Schreiber; durch Nicolò Michelozzi, einen Schwächling, der ein blindes Werkzeug in der Hand der Signori war; durch Pier Soderini, einen unentschlossenen Republikaner; durch Giuliano de' Medici, einen Fürsten, der seine Zeit mit leichtsinnigen Weibern vergeudete. Das Vaterland war ein Sammelbecken all dieser kläglichen, unwissenden, mittelmäßigen und minderwertigen Existenzen, die alle tief unter ihm standen und nicht imstande waren, die Geheimnisse der menschlichen Gesetze zu verstehn und zu erforschen, wie er dies tat. Und für diese traurigen Gesellen sollte er sich noch opfern? Nein, Schmach und Schande über dieses Vaterland!

Schön dünkten ihn jetzt einzig und allein die Stunden, die er in der Gesellschaft der griechischen und römischen Klassiker verbracht hatte. Bei ihnen drohte ihm wenigstens keine Enttäuschung, keine Niedrigkeit, kein Undank und keine Verständnislosigkeit. Die Mußestunden in seinem Landhaus dünkten ihn allein wert, noch einmal gelebt zu werden, unbeschwert von jeder anderen Erfahrung und unabhängig von allen äußeren Bedürfnissen. Zu ihnen wäre er gern noch einmal zurückgekehrt, ohne jeden Gedanken an Speise und Trank, ohne den Stachel des Ehrgeizes, ohne Zerwürfnisse mit den Menschen, um als ein reiner Geist unter reinen Geistern zu weilen, in einem überirdischen Reich, einem höheren Vaterland, in dem die Leute vom Schlage der Ardinghelli, Tarugi, Soderini oder Medici nicht einmal als traurige Erinnerung weiterleben würden. Fort mit diesen kläglichen Gestalten! Er wollte sie verjagen, wollte sie nie mehr wiedersehen, wollte nicht einmal mehr an sie denken und sie aus seinem Dasein tilgen. Unruhig wälzte er sich auf seinem Lager hin und her und wandte sich im Geist an seine großen, einzigen und wahren Freunde, an Titus Livius, Tacitus, Dante und Petrarca. Ein wilder Drang nach Befreiung hatte ihn ergriffen, als wollte er alle Fesseln von sich streifen, könnte es aber nicht, und fühlte immer wieder die Last und Folter anderer Bande auf seinen schmerzenden, wundgescheuerten Gliedern. Fort mit diesen quälenden Gedanken, fort mit diesen traurigen Gesellen! Und er kämpfte noch lange mit sich selbst, bis er endlich einschlief.

Und nun glaubte er sich plötzlich an einen Ort versetzt, an dem ein Heer von Unglücklichen, Verhungerten, Lahmen, Aussätzigen, Zerlumpten, Schmutzigen, Dummen und Narren versammelt war; und auf seine Frage, wer diese Leute wären, erhielt er die Antwort, sie seien die Bewohner des Paradieses, von denen geschrieben stehe: *Beati pauperes quoniam ipsorum est regnum coelorum* – Selig sind die Armen, denn ihrer ist das Himmelreich. Und nachdem sie seinen Blicken entschwunden waren, tauchte ein ebenso großer Zug anderer Gestalten auf, die mit ernster und würdiger Miene, wie in einer Senatsversammlung, wichtige politische Fragen besprachen; und auf seine Frage, wer diese Leute wären, erhielt er die Antwort, sie seien die Seelen der Verdammten, von denen geschrieben stehe: *Sapientia huius saeculae inimica est Dei* – Die Weisheit dieser Welt ist ein Dorn im Auge Gottes.

Auch sie verschwanden wieder, und die gleiche Stimme fragte Machiavelli, an welche Gruppe er sich anschließen wollte. Er erwiderte sofort: an die letztere; denn nur mit dieser könnte er sich verständigen.

Als er erwachte, standen seine Freunde Filippo Strozzi, Zanobi Buondelmonti, Luigi Alamanni, Francesco del Neri und Jacopo Nardi am Kopfende seines Lagers; und schon ihr bloßer Anblick flößte ihm neuen Lebensmut ein und entlockte seinen Lippen das gewohnte Lächeln. Er freute sich über den lieben Besuch und erzählte schleunigst seinen Traum, über den seine Freunde allerlei witzige Glossen machten.

Mit einem spöttischen Lächeln sah er so dem Tod entgegen.

Er nahm ein Arzneimittel ein, das er auch sonst gern benützte. Und zwar Pillen, deren Rezept sich in einem Briefe Guicciardinis findet und die nach den Urteilen und Erfahrungen der heutigen Heilkunde weder schaden noch nützen konnten.

Es ist das folgende Rezept: Aloe hepatica...1¹/2 Lot; Camedrios... 1 Lot; Crocus sativus...¹/2 Lot; Myrrha electa...¹/2 Lot; Brettonica...¹/2 Lot; Pimpinella...¹/2 Lot; Bolus armenicus...¹/2 Lot.

Nahm er zu viel von diesen Pillen ein? Beschleunigten sie seinen Tod? Wir wissen es nicht.

Sein schweres Leiden wich nicht mehr von ihm.

Er hatte das Gefühl, er sei bereits gestorben; all seine Glieder waren wie gelähmt und ließen sich kaum bewegen; und ihm war, als ginge schon jetzt ein leichter Verwesungsgeruch von ihm aus. Es war gewissermaßen ein seelischer Tod, den er im Innern fühlte, der seine Lebenskraft im Lauf der Jahre untergraben hatte und ihn nun vollkommen leer zurückließ. Er machte sich Vorwürfe wegen seiner Zugeständnisse, seiner nüchternen Schmeicheleien, seiner untertänigen Widmungen, seines Schweigens, weil er die Gewaltherrschaft der Mediceer gut geheißen und der Lauheit Soderinis Vorschub geleistet habe. Bei jeder Begegnung und bei jedem Zugeständnis war ein Teil seines Wesens abgebröckelt. Er hatte es freilich stets nur in der Hoffnung getan, daß vielleicht später – wie gründlich hatte er sich dabei verrechnet! Und weshalb hatte er sich überhaupt aufs Rechnen eingelassen, als wenn man mit den Menschen rechnen könnte!

Jetzt tadelte er selber seine Anschauung und seinen Glauben, daß die Menschen stets nur auf ihren Vorteil bedacht seien. Ja, wenn wenigstens das der Fall gewesen wäre! Aber diese Sippschaft ist nicht einmal imstande, klar zu denken. Sonst ließe sie sich zügeln und leiten; wäre sie wirklich nur auf ihren Vorteil bedacht, so gäbe es auch eine Möglichkeit, sie anzufeuern. Die Menschen sind lauter Narren, die hinter ihren eigenen Hirngespinsten und hinter den Trugbildern herjagen, die die Schlaueren in ihren eitlen und hohlen Köpfen entstehn lassen.

Seine Verachtung für die Menschen und für sich selbst wuchs mit seiner Krankheit. Jetzt, wo er auf einmal entdeckt hatte, daß der Tod schon lange in ihm steckte und er ihn nicht mehr zurückscheuchen konnte, ebnete er ihm freudig alle Wege, damit er klar zutage treten und die letzten Widerstände aus dem Wege räumen sollte. Mit einer Hellsichtigkeit und einem Scharfblick, die er in seinem ganzen Leben nicht besessen hatte, vertiefte er sich in seine Krankheit und empfand eine grausame Freude, sich selbst zu quälen und zu verdammen und so sein Ende zu beschleunigen. Mit dem Gesetzbuch des Erfolges in der Hand verurteilte er alle seine Hoffnungen. Er hatte sich in dem Valentiner getäuscht, in Lorenzo de' Medici, in Herrn Giovanni, in dem italienischen Volk und in seinen Mitbürgern, die nicht einmal die Faust eines Helden zu einem einheitlichen Staatswesen zusammenschweißen konnte.

In dem Maße, in dem seine grausame Selbstzerfleischung immer weiter fortschritt, verschlimmerte sich auch seine Krankheit; er war in wenigen Tagen ein alter Mann geworden; eine tiefe Müdigkeit versetzte ihn in einen Zustand vollkommener Lethargie, bei dem jeder Körperteil allmählich abstarb, außer dem Gehirn, das unter der Folterzange einer verbissenen und schonungslosen Kritik weiter glühte.

Sein altes Lächeln spielte wieder um seine Lippen, nur galt es nun ihm selber. Sein verfehltes und zweckloses Leben voller Irrtümer und Enttäuschungen, voll törichter Großmut und sinnloser Entbehrungen verdiente nichts anderes als ein Lächeln.

Er blickte verwirrt um sich und kümmerte sich nicht einmal um seine Angehörigen. Mit verstörten Augen starrte er sie an, als sähe er sie zum erstenmal. Auch in seinen Kindern fühlte er sich enttäuscht und verraten. Was hatte ihm sein bißchen Weisheit genützt? Und was das bißchen Ruhm, das er sich mühsam beim Schein einer Öllampe erworben hatte? Bernhard war ein roher und ausschweifender Bursche, der Schrecken der Bauernmädchen in der Umgebung; Ludwig, der stets in allen möglichen Verlegenheiten und dunklen Machenschaften steckte, hatte sogar ein Liebesverhältnis mit einer Kurtisane, genannt »das Fischlein«, die ihn viel Geld und Zeit kostete; Guidino war zwar strebsam, spielte aber den ganzen Tag Kirche und drohte ein Mucker zu werden; Peter war noch zu jung; und Baccia war wohl ein braves Mädchen, aber was sollte er mit einer Frau anfangen? Niemand war ihm gefolgt, niemand hatte ihn verstanden, nicht einmal die eigene Familie. Sein Beispiel war umsonst gewesen. Was ist überhaupt Erziehung? Ein Glücksspiel – die Tüchtigkeit wird weniger bei der Vererbung vom Vater auf den Sohn.

Nicolò sah den ganzen Bau seines Lebens einstürzen, wie ein Haus bei einem Erdbeben. Er warf es von sich wie ein Gut, das sich plötzlich als trügerisch und wertlos erweist.

Er stand dem Christentum nie so nahe wie in den Tagen vor seinem Tode. Aber seine Loslösung von allen Dingen dieser Welt wurde nicht von der Hoffnung auf ein ewiges Leben begleitet. Er war von tiefer Müdigkeit erfüllt, die bis zu den Tiefen seines Geistes vordrang und sich in die Überzeugung von der vollkommenen Nichtigkeit der Welt und des eigenen Seins verwandelte. Wenn er die Menschen auch nie für gut gehalten hatte, so dünkte es ihn doch erstrebenswert, sie durch Gesetze und Beispiele zu bessern; aber jetzt erschien ihm selbst der Ruhm eitel, und die Verse seines Dante fielen ihm wieder ein:

Ein Windhauch nur ist aller Lärm der Welt - -

So verstrichen die Tage, ohne daß irgend ein Mittel, das ihm seine Marietta gab, die tiefe Qual zu lindern vermochte, die ihn an das Krankenlager fesselte, fiebernd, schlaflos und schmerzzerrissen, losgelöst von allen irdischen Dingen, außer dem einen, das in seiner Seele wühlte und brannte. Die wenigen Worte, die er hervorstoßen konnte, die Verzweiflung, die ihn keinen entsprechenden Ausdruck für den Aufruhr in seinem Innern finden ließ, machten seine Niedergeschlagenheit und Hilflosigkeit zu einem Rätsel für seine Freunde.

Es ging bereits mit ihm zu Ende, als seine Angehörigen endlich den Ernst seines unerklärlichen Leidens erkannten, und er war schon nicht mehr bei Besinnung, als Bruder Matteo zu ihm geholt wurde, um ihm die letzte Ölung zu geben.

Dieser Mönch, ein Tölpel und ein Narr, hatte einmal das Kruzifix versehentlich in einen Brunnen geworfen und war in ganz Florenz wegen dieser beispiellosen Ungeschicklichkeit bekannt.

Es war die letzte Schmach, die Nicolò Machiavelli durch sein Jahrhundert erlitt. Der geistliche Trost eines armen Narren wurde dem größten politischen Geist der Zeit in der Stunde angeboten, da er von der Welt schied, die er so furchtlos zu begreifen und zu ändern versucht hatte.

Die Legende ist der Lohn, den die Geschichte den großen Männern zum Trost für ihr unglückliches Leben gewährt. Was sie im Leben durch ihren Geist nicht erreichen konnten, erfüllen sie mitunter durch ihre Legende.

Die Legende bemächtigte sich Machiavellis auf dem Sterbelager; und sie trägt ihn höher und immer höher auf einer Woge von Ruhm und Schande und zeigt ihn uns in einem Licht, das uns vor Bewunderung und Grauen erschauern läßt.

Machiavelli wurde gehaßt, gefürchtet, verneint, verherrlicht, verbrannt, nachgeahmt, besungen, gepriesen, kopiert, verzerrt und geschmäht; der eine machte sich ein Paar Schuhe aus ihm, der andere einen Mantel, der dritte einen Dietrich; der eine schlürfte ihn wie einen Zaubertrank, der andere berauschte sich an ihm wie an jungem Most, wieder ein anderer verzapfte ihn am Schanktisch wie billigen Wein, und wieder ein anderer trank ihn mit Wasser verdünnt. Eine ganze Schar von Machiavellis tauchte auf: der Machiavelli der Jesuiten, der Machiavelli der Patrioten, der Machiavelli der Philosophen, der Machiavelli der Enzyklopädisten, der Machiavelli der Protestanten und der der Katholiken, der Machiavelli der Gelehrten und der der Ränkeschmiede, der Machiavelli der öffentlichen Reden und der der Heiratsurkunden, und schließlich der bekannteste von allen, der Machiavelli der Toren. Der Machiavellismus entstand; und Machiavelli hätte am liebsten beteuert: Ich bin kein Machiavellist. Der Machiavellismus verhalf den Geistlichen zur Macht und unterstützte die weltlichen Machthaber, um die Geistlichen zu unterdrücken. Wer ihn öffentlich bekämpfte, befolgte seine Lehren im geheimen um so mehr. Die Tyrannen sprachen nicht von ihm, glaubten sich aber durch ihn gerechtfertigt; die Revolutionäre zürnten ihm, fühlten ihr Herz aber höher schlagen bei der Erinnerung an so manchen Ausspruch, den er auf die Freiheit geprägt hatte. Seine Werke gewannen im Laufe der Zeit für die jungen Leute den gleichen Wert, den die Werke der römischen

Klassiker für ihn besessen hatten; ihre Augen richteten sich darauf, um das Geheimnis der Tatkraft aus ihnen zu ergründen; sie schimmerten vor Rührung, blitzten vor Zorn, leuchteten vor Begeisterung und fielen niemals vor Müdigkeit zu.

Aber nach diesem Leben im Verborgenen wagte er sich schließlich auch offen aus den Geheimfächern, aus den verbotenen Büchern und mannigfachen Verkleidungen ans Licht, und zwar im neunzehnten Jahrhundert, das das Jahrhundert der nationalen Einheiten war, das Jahrhundert der Tatkraft und somit auch das Jahrhundert Machiavellis. Er wurde neu geboren, mit seinem spöttischen Lächeln für die Verzagten und die Schwachen, für die Wankelmütigen und die Menschlichkeitsfanatiker, für die Betbrüder und die Reaktionäre. Er begann seiner Zunge wieder freien Lauf zu lassen, auch in fremder Sprache.

I n h a l t

CIP-Kurztitelaufnahme der Deutschen Bibliothek

Prezzolini, Giuseppe:
Das Leben Nicolò Machiavellis : Literarische Annäherung an eine unzeitige, widersprüchliche politische Biographie / Giuseppe Prezzolini. Übers. von Theodor Lücke. – 1.–2. Tsd. – Berlin : Das Arsenal, 1989.
ISBN 3-921810-49-3
Einheitsacht.: Vita di Niccolò Machiavelli <dt.>

Satz · Limone, Berlin 61
Druck · Ruksaldruck, Berlin 61
Das Arsenal. Verlag für Kultur und Politik GmbH,
Tegeler Weg 5, 1000 Berlin 10